La Subasta de los Sueños

La Subasta de los Sueños

HÉCTOR FALCÓN RUBIO

Número de Control de la Biblioteca del Congreso de EE. UU.:   2012911068
ISBN: Tapa Dura   978-1-4633-3099-6
                         Tapa Blanda   978-1-4633-3098-9
                         Libro Electrónico   978-1-4633-3097-2

Para pedidos de copias adicionales de este libro, por favor contacte con:
Palibrio
1663 Liberty Drive
Suite 200
Bloomington, IN 47403
Llamadas desde los EE.UU. 877.407.5847
Llamadas internacionales +1.812.671.9757
Fax: +1.812.355.1576
ventas@palibrio.com
407941

I N D I C E

PRÓLOGO

Una invitación a prologar es, además de un honor, un reto. El desafío consiste en plasmar con propiedad el mapa de ruta que oriente al lector desprevenido tanto como al interrogante o al voraz.

Me da gusto aplicarme a la tarea, sobre todo porque tengo la certeza de que estas palabras son en lo profundo y en la superficie una conversación entre amigos, casi una confidencia. ¿Con cuantas personas han hablado sobre el contenido, la estructura o el valor de un prólogo? Probablemente igual que yo, con muy pocos o quizá con nadie, de lo que deduzco que la mayoría de los lectores ve esta parte del libro como algo inevitable y suelen pasarla por alto, suposición que me libera de la presión de tener que lograr un texto interesante o de algo aún más terrible: asegurar que estas líneas estén a la altura de la belleza del texto que acompañan.

Si ha llegado hasta aquí Usted merece este paseo minucioso por Paris que del mismo modo lo llevará por el alma atribulada de los personajes. Usted recorrerá una París de entre guerras cuyo espíritu desolado es comparable al de los años posteriores a la revolución francesa o a estos actuales donde la economía acorrala los derechos que los franceses creían vitalicios y perennes. Reserve un espacio no menor para compartir los diálogos rápidos e inteligentes que en una sola noche descomponen el todo en partes que el lector deberá ir ensamblando durante toda la novela. Los ribetes ajustados de la pluma de Falcón pueden llevar al lector a olvidar temporalmente que se trata de una ficción, tal es la imagen en espejo de la realidad que reflejan la sucesión de capítulos.

Por otra parte, está el componente de belleza implícita que debe aportar la escritura ficcional como resultado del proceso creativo. Se trata de resolver interrogantes íntimos, pero hacerlo de manera bella. No se trata de acumular palabras rimbombantes, cada palabra es en sí misma un concepto y como tal debe ser clara y precisa, es necesario encontrar formas de gran tensión por su significado, de riqueza y al mismo tiempo oportunamente sugerentes, que amplíen el horizonte del lector y su comprensión. En la literatura de Héctor Falcón Rubio cada frase hermosa constituye un reto cada vez que el lector la relee.

Si algunos rasgos hay que destacar de la personalidad literaria de Falcón son su valentía y su honestidad intelectual. Estas dos virtudes pueden resultar incómodas, sobre todo si, como en este caso, van juntas. Al escribir no duda en asumir las tareas ingratas pero que fuerzan al compromiso del lector con el texto, porque tiene muy claro qué es lo justo y qué es lo importante y eso destaca en la novela que hoy nos ocupa, breve e intensa, fresca y con aromas amaderados que invitan a la pausa para saborear la relectura. Quiero decir que nuestro autor, al igual que los los corredores de largas distancias, no tiene un comienzo explosivo, como si se tratara de alguien reservado y tímido, pero página a página va sacando sus matices, que brillan más cuando más ahonda. Monclovense de nacimiento pero ciudadano del mundo, el autor tiene un amor especial por los términos antiguos, por las denominaciones tradicionales ya casi perdidas, de las que salpica ocasionalmente sus historias.

En las páginas que siguen, Falcón centra su atención en los personajes y en las circunstancias que los rodean, los envuelve en más de una historia en simultáneo que el lector inicial descubrirá con fruición y el lector avezado disfrutará con un guiño cómplice. Explora las palabras, las desnuda y las deja a nuestra vista en su significado originario. De la lectura de La Subasta de los Sueños conservaremos, además del deleite de la historia en sí, la impresión de que nuestra lengua está habitada por unos seres que nos parecen extraños, se convierten en coralillos al cargarse con historias ajenas a los lectores.

Falcón escudriña en La Subasta para demostrarnos que incluso detrás de algo que parece cincelado y perfecto, hierve el sentimiento. Como en la vida…

Con amor
Herminia Soracco

CAPÍTULO I

Durante mi solitaria convalecencia, en los meses que precedieron a mi viaje a París, pasé muchas horas tratando de organizar mi futuro. La sensación de incertidumbre que me embargaba en esa época era terrible pero, a medida que mi salud mejoraba, fui adquiriendo una nueva forma de ver las cosas cotidianas.

Poco a poco comencé a reconocer la transformación que experimentaba. Quizá el mayor cambio que noté haya sido la ausencia de la indiferencia que había sentido por los demás toda mi vida y una fuerte sensación de haber estado perdiendo el tiempo. Así, a menudo me sorprendía interesado en cosas que antes no contemplaba ni de lejos.

El reciente final de la guerra era un gran acontecimiento y hacía que muchos nos preguntáramos qué sucedería después de la Conferencia de Paz que estaba próxima a celebrarse en París. Sin lograr vencer la inercia de los últimos años, en los cuales— a pesar de las distancias— las conversaciones giraban apasionadas en torno a los avances de uno u otro bando, ahora debatíamos como si estuvieran en nuestras manos las negociaciones de paz. Con seguridad la conferencia atraería aún más los ojos del mundo hacia esa ciudad, hasta entonces intrigante y desconocida para mí. Éste pudo ser quizá el pretexto que, en medio de la confusión, me inclinara a desear conocerla.

Debo admitir que aún no me permitía abrigar demasiadas ilusiones. La cercanía de la muerte me había afectado al grado de haber olvidado pasajes completos de mi vida y también a recordar como reales otros que casi estaba seguro de nunca haber vivido. El caso fue que yo estaba inmerso en un limbo desconocido.

Nada es eterno y menos el horror. Finalmente llegó el día en que reingresé al mundo exterior y después de un tiempo, me dispuse a preparar el viaje. Fantaseaba con el hecho de que sería testigo o al menos estaría cerca de los que decidirían el nuevo orden.

El regreso del Mauritania a la línea del Atlántico Norte fue la fecha elegida. La historia del poderoso trasatlántico que fuera convertido en un barco hospital y que hoy procuraba reencontrarse con su destino, me presentó cierto paralelismo en el que no quise detenerme. Al menos este buque era un sobreviviente. Aun estaba fresco el recuerdo del Titanic con su estela de crudo jaque a la soberbia.

El crucero fue estupendo, los hombres mediterráneos no somos particularmente afectos a navegar, sin embargo realmente gocé la travesía. Los paseos por cubierta, la vista del horizonte a cada atardecer y la brisa matutina del mar terminaron de fortalecerme.

El viaje finalizó en el puerto de Le Havre y me gustó el buen humor que me produjo descender por el puente. Pensaba alojarme un par de días en la ciudad a la espera del pequeño barco que remontaría el Sena, al tiempo que procuraba ambientarme al idioma y a las costumbres pero, al segundo día, me asaltó la premura por llegar a mi destino. Caminé por los alrededores del puerto en busca de un modo de adelantar el traslado.

Un curtido lobo de mar que a juzgar por el cansancio de la mirada, otrora debió haber recalado en cientos de puertos me ofreció, por algunos francos, trasladarme junto con la carga.

Mi equipaje desentonaba entre las barricas de aceite de oliva, los fajos de cueros de oveja y el pestilente olor del pescado. Sentado en la vieja torreta de madera, vi desfilar ante mí los puentes brumosos que inspiraron a tantos.

El arribo a la ciudad fue casi al mediodía. El sol primaveral refulgía y la frescura de la brisa del río se sentía deliciosa. Por un momento me detuve a pensar que el sentimiento que me embargaba era lo que comúnmente se puede definir como felicidad.

Mi llegada a París había sido arreglada desde Le Havre al hotel Trocadero, allí la acogida no fue lo cálida que hubiera podido suponer, el personal estaba abrumado por los pasajeros que colmaban las instalaciones en una babel exigente y promiscua. Desde los confines de la tierra habían llegado emisarios dispuestos a procurar alcanzar aunque más no fuese las migajas de la mesa donde se repartía la suerte de las naciones. Parecían dispuestos a gritarla en los corrillos de los pasillos de los albergues, pero ello no mermó en lo más mínimo el entusiasmo que sentía.

Esa tarde en mi habitación abrí la ventana y me dediqué a observar el paisaje, el ir y venir de los transeúntes y los detalles de la arquitectura del lugar. Luego leí el diario y me hice de un mapa turístico. De él extraje mi primera expedición vespertina.

Elegí un restaurante pequeño con sombrillas en la acera desde donde observaba todo lo que estuviera en movimiento.

Más tarde, luego del atardecer, vagabundeé por los alrededores del hotel, escudriñando cada rincón. Tal como si fuese tomando fotografías mentales de mis nuevos dominios.

En los días siguientes me dediqué a visitar los lugares famosos y los no tanto, sin prisas de ningún tipo me impregné del espíritu parisino. Deseaba perder ese aire de turista al que cualquiera distingue por lo errático de la marcha y el mapa aferrado en la mano como si se tratara de un salvavidas. Yo era un viajero, y la diferencia esencial entre el viajero y el turista es que éste busca recorrer el sendero de las cabras, pisar los mismos sitios que los amigos que lo han precedido, de algún modo escribir en el libro de los viajes "yo también estuve aquí", en cambio el viajero quiere integrarse aunque más no sea temporalmente al lugar.

En una ciudad donde hasta los alrededores de los cementerios son divertidos es improbable que un día sea igual a otro.

Sentado en la vereda de cualquier café, frente a una taza humeante y una muestra de la memorable pastelería francesa, desplegaba cada mañana mi mapa y sobre el dejaba vagar al azar el índice hasta que se detuviera por un doblez del papel, una miga de hojaldre o un desnivel de la mesa y me dejaba sorprender por el sitio que quedaba señalado: el casi centenario canal St. Martín con sus estupendas orillas arboladas y los edificios que muestran aún un pasado artesanal, Montmorency y la casa de Rousseau donde un alemán me guió para

14

descubrir detrás del escritor al músico, cualquier sitio es bueno cuando la búsqueda es interior.

Pasear por París es encontrarse con los pecados capitales ilustrados, la soberbia en la Tour Eiffel, la ira en la Bastilla, la gula en la Maison de Monsieur Savarin o en cualquiera de los miles de restaurantes que hacen del comer una experiencia hedonista, la pereza en el Vallé aux lups, despierta envidia el poder de Dumas en su Castillo del Conde de Montecristo, puede encontrarse la avaricia reflejada en el salón de los espejos de Versailles donde acumularon todo el dorado. Para la lujuria no hay una sino cientos en la noche de la ciudad luz. Así pronto dejé atrás la natural cautela y me entregué a una osadía cada vez más acentuada en mis avances.

La emancipación no se hizo esperar y conseguí hacerme del alquiler de un pequeño piso en la Rue Saint Antoine. Me divertía pensar que día a día salía de un bunker a enfrentarme en el terreno con personajes desconocidos y peligrosos. Al principio vivía de día pero paulatinamente resurgió en mí, la bestia nocturna que me habita y sin dificultad me aficioné al fulgor de las marquesinas.

Una noche del mes de Mayo de 1919, como era mi recién adquirida costumbre, solitario recorría los cafés de París en busca de nada o acaso de encontrar fortuitamente esa parte que me faltaba vivir y que provocaba que sintiera la vida amputada de nacimiento.

En el corto tiempo que llevaba radicado allí, la sublime riqueza que prodigaba la gran ciudad me había persuadido de quedarme algún tiempo más. La vida nocturna de Paris me subyugaba de una manera absoluta, aunque más bien debería decir; enfermiza. El viaje al viejo mundo despertó en mí extrañas y disfrutables sensaciones como si me hubiese sumergido en su misma esencia y empapado de un sentimiento de pertenencia. Era como sí hubiese regresado a mi origen después de un largo destierro.

Las madrugadas en las calles oscuras, ejercían sobre mí un influjo irresistible. Me emocionaba doblar las esquinas para ver aparecer una nueva imagen que se incorporara a la larga y curiosa colección que ya poseía. Precisamente ese fue el caso, cuando fortuitamente pasaba frente a una hermosa mansión de estilo barroco con una elegante verja de hierro. Me llamó la atención que estuviese abierta y me detuve para observar una curiosa fuente que estaba en el interior frente al portón de entrada y dividía en dos la acera de acceso. La fuente estaba coronada con una estilizada estatua de Terpsícore y sin pensar me atreví a adentrarme un poco para ver de cerca la figura. De pronto me percaté que un calesín descubierto ingresaba a la propiedad y hube de hacerme a un lado para dejar el paso. El carruaje se detuvo frente a mí y la mujer que lo ocupaba me miró con algo de desdeño. Supuse que debía disculparme por encontrarme dentro:

—Madame, Le ruego que disculpe mi atrevimiento, pero no pude evitar acercarme para ver la hermosa figura de la fuente…

—¡Ah usted es extranjero!, ¿acaso es usted un político descarriado?

Sonriente negué con la cabeza y me dispuse a salir del lugar, entonces me dijo:

—Un hombre solo no puede entrar a un salón de baile… si desea conocer el lugar puede ingresar conmigo…

Sus palabras me tomaron por sorpresa y seguramente el vino tinto me hizo responder sin pensar:

—¡Me encantaría Madame si no representa una molestia para usted…

—Suba —dijo lacónicamente.

Me apresuré a hacerlo y una vez sentado a su lado le dije:

—Permítame presentarme, mi nombre es… —me interrumpió al levantar suavemente su mano enguantada y sin mirarme dijo:

—Sólo su nombre de pila… por favor.

—Julio. —acerté a responder.

Entonces se volvió hacia mí con una sonrisa encantadora y exclamó divertida:

—¡Julio y Claire llegan a bailar!

Llegamos a la puerta de la mansión y diligentemente ofrecí mi mano para que descendiera, la tomó con firmeza y una vez abajo deslizó su brazo al mío.

Subimos la escalinata lentamente y frente a la puerta tiré de la cadenilla. Un hombre de traje oscuro nos abrió y con una leve reverencia nos invitó a pasar.

El vestíbulo era muy elegante pero no comparable con la espaciosa sala.

Caminamos del brazo y secretamente me sentí halagado que Claire me condujera directamente al centro del salón. El escuchar los compases iniciales del Danubio Azul me produjo la sensación de que vivía un cuento palaciego. Claire se volvió hacia mí y nos estrechamos para iniciar el baile.

De inmediato sentí el control que ejerció en la ejecución y avanzamos sin pronunciar una palabra. La altivez y la destreza tan exquisita que exhibía disimulaba mi pobre desempeño.

Cuando la pieza terminó se separó suavemente y me dijo:

—Ahora que ya ha conocido el lugar debo dejarle...

Sus palabras me regresaron a la realidad y comprendí que también debía marchar. La vi empezar a volverse y apenas alcancé a decirle:

—Madame Claire, ¿me permitirá verla en otra ocasión?

Por un momento me miró con seriedad y luego preguntó:

—¿Porqué?, ¿No encuentra suficiente diversión en Paris?

Noté el tono irónico y rápido respondí:

— No es eso, pero daría mi alma por volver a verla

Sin dejar de mirarme echó ligeramente hacia atrás la cabeza y con tono desafiante preguntó:

— ¿Está seguro?... ¿en verdad lo desea tanto?

—¡No hay nada que desee más en este momento! —exclamé.

Para alguien que hacía ya bastante tiempo que no deseaba nada, reencontrarse con el deseo fue turbador. Con el mismo dejo distante y exótico con el que me había invitado a subir al calesín respondió:

—Envíe una nota para Claire Fallet al Hotel Biron...

Luego sin más dio media vuelta dejándome en medio del salón. La miré mientras se alejaba hacia el fondo, me pareció que un grupo de personas la esperaba.

Salí lentamente de la mansión y recorrí la acera al exterior. Al pasar le hice un ademán de despedida a la bella Terpsícore.

El silencio de la noche acompañó el regreso a casa, sólo lo interrumpían el eco de los cascos de los caballos y el ronco rugir del motor de algún carro rasgando la bruma. Me levanté el cuello del saco al tiempo que repasaba lo sucedido, el ambiente fantasmagórico que me rodeaba me hizo dudar que lo que pasó hubiese sido cierto pero el suave aroma del perfume de Claire permanecía en mis manos.

Entrada la mañana escribí una nota de saludo y una breve referencia al baile, claro que me cuidé de incluir mi domicilio en ella y me dirigí al Hotel Biron.

Atravesé los grandes jardines hasta llegar al palacete rococó de singular belleza. Apenas transponer la puerta me deslumbraron las esculturas que sin orden ni concierto se repartían profusamente por la recepción.

La céntrica mansión no tenía el aspecto de los hoteles de la ciudad. En ella no se notaba el ritmo ajetreado que caracterizaba a prácticamente todos los alojamientos en esos días. Sólo un hombre robusto, de barba blanca y cerrada, con las manos grandes y ásperas que caracterizan a los escultores, rodeado de un par de jóvenes sostenía una plática sobre las proporciones de la figura humana. El recepcionista guardaba respetuosa distancia y con elegante cortesía me dijo que ya hacía unos años que el Biron no funcionaba como hotel público, sino privado para la exclusiva lista de invitados que había dejado Monsieur August hacía algo más de dos años.

Para mi sorpresa, me informó que no conocía a Madame Claire Fallet pero ante mi insistencia accedió a recibir la nota, atendiendo a la posibilidad de que ella conociera o esperara ver a algún invitado del hotel en los próximos días.

Creo que el hombre apreció mi desconcierto y probablemente supuso que era uno más de los tantos que, en la paz violenta que azotaba Europa, elegían París para desgastar los días en copas y experiencias que alteraban los sentidos _ quizá buscando encontrarle alguno a ese presente de odios solapados_ y entre vahos intensos construían realidades que no se sostenían a la luz del sol.

— ¿Ya ha recorrido nuestro barrio Monsieur…?

— Julio, me llamo Julio, —dije al recordar que Claire no había querido escuchar mi apellido — y no, aún no he caminado por aquí. ¿Hay algo especialmente interesante para ver?, —le pregunté a sabiendas de que sí debía haberlo, puesto que al parecer en esa ciudad, al menos para mí, no había nada que no lo fuera.

—Debe usted visitar Sacre- Coeur monsieur, no se marche de aquí sin hacerlo

—¿Superará a Notre Dame?

—Es probable que no, en lo que respecta al edificio, pero no dude que será inolvidable.

Le di las gracias y me despedí. Obvié decirle que era un escéptico y que nada me entusiasmaba particularmente.

Hasta anoche, claro… anoche había vuelto a desear y no alcanzaba a darme cuenta si en verdad eso era bueno o malo. Nunca había tenido una comunicación fluida con mis deseos y suponía que ahora no sería diferente, aunque el anhelo de volver a ver a Claire me hubiese guiado hasta allí.

Poco después crucé las calles del centro de Montmartre entre silletas de caoba y olor a trementina y ascendí la colina suave que culmina en la basílica.

En verdad no alcanza su belleza a compararse con la basílica de Nuestra Señora, pero apenas transponer las enormes puertas, el sonido esplendoroso del órgano me conmovió. La enorme pared cubierta de tubos contrastaba fuertemente con la fragilidad del organista que ejecutaba la solemne Misa de Réquiem.

Los pasos resonaban en la acústica de la basílica y lentamente comencé a ascender la escalera que llevaba a la cúpula.

Al salir, el sol hirió fuertemente mis ojos y al abrirlos toda la ciudad se mostró rendida a mis pies entre las enormes columnas. Una mezcla completamente extraña de emociones me embargó. Los acordes resonaban en mi pecho y la vista de la ciudad me jalaba fuertemente. Por un momento creí que daría un paso y me lanzaría desde allí en caída libre.

La ahogada exclamación que escuché a mis espaldas me sacó del trance y volví la vista hacia atrás. Era una mujer de extraña vestimenta cuyo bolso había caído al suelo y su contenido se había esparcido. Sin decir palabra me apresuré a acercarme y levantar los objetos, rápidamente los reuní e incorporándome los entregué a la dama.

—¡Merci Monsieur, merci! —me dijo con una voz grave de acento diferente.

Yo le hice una pequeña reverencia como respuesta y sentí una rara turbación por la penetrante mirada de sus ojos negros. La mujer caminó hacia la escalera y yo quedé parado unos instantes viendo cómo se alejaba. Estaba por seguir sus pasos cuando noté que había quedado en el suelo una pequeña tarjeta; la levanté y no pude evitar leerla, era una tarjeta de presentación que decía: *Tarot Chez Madame Thèresse Gigot*

Me dirigí a la escalera para ver si la podía alcanzar y entregársela pero ya era tarde. Metí la tarjeta en mi bolsillo y me dirigí otra vez a la nave central, allí vino a mi mente el instante en que estuve a punto de saltar y por primera vez en muchos años, me hinqué en uno de los bancos y comencé a llorar. El órgano de Sacre Coeur se mezcló con mis lágrimas como si fuera un bálsamo.

Bajo el sol del mediodía mis pensamientos comenzaron a vagar. Los senderos que recorrían eran muy diferentes, algunos tomaban el espinoso camino de la racionalidad que me obligaba a enfrentarme con lo poco claro de mis objetivos a mediano y largo plazo. Entendiendo por mediano plazo todo lo que estuviera ubicado después de mañana. Otros elegían sendas más placenteras como las que llevaban a las ensoñaciones. Idas y vueltas entre las sensaciones que me provocaba el recuerdo de Claire con el talle enlazado por mi brazo, la llamarada de su cabellera y el modo en que parecía haberse esfumado.

Esa noche al llegar a casa mi ánimo estaba por los suelos, lentamente me desvestí y vacié los bolsillos de mi ropa en el buró. Sentado en la cama tomé la tarjeta que había guardado y la leí otra vez, sólo que al examinarla con detenimiento noté que al reverso tenía una anotación en lápiz: **Café del Callejón sin salida- Rue de Marais**

El nombre me pareció de lo más extraño pero ya no quise pensar en nada más y agotado cerré los ojos.

No estoy seguro de la hora, pero recuerdo haber abierto los ojos al sentir que alguien me cubría con la manta;.era la misma mujer de esa tarde. La miré sin recelo ni sobresalto y me sonrió dulcemente, luego de un instante me dijo:

—*Monsieur, usted necesita distraerse, déjeme sugerirle algo... visite el Café del callejón sin salida... ¿sabe?, allí encontrará los personajes anónimos más fascinantes de París*

—*Madame...hoy usted me ha salvado* —acercó su mano a mis labios sin tocarlos para que callara y agregó:

—*¡No diga eso!, Monsieur atienda... a Claire le gusta ir de cuando en cuando por el Café...*

—*¡Ah, estupendo!, allí podré verla, ¿no es así?*

—*¡Claro, usted lo desea mucho ¿verdad?*

Mi propia risa me despertó y me quedé quieto atrapando las imágenes del sueño.

CAPÍTULO II

Por la mañana al levantarme volví a recordar el sueño, sin embargo la depresión me hizo retraerme por varios días, mi escasa actividad eran la lectura y por ratos el dibujo a lápiz. Debo admitir que íntimamente abrigaba la esperanza de recibir la contestación de Madame Fallet. Pero terminaban las mañanas, las tardes, llegaban las noches y nada ocurría.

Al cuarto día decidí salir, era una mañana hermosa, brillante y no muy fría. La corta caminata me hizo entrar en calor y cuando sentí hambre busque el restaurante más cercano. Me encontraba allí ojeando un diario matutino cuando leí un titular que decía: *"La conferencia de paz parece estar en un callejón sin salida"*

Mis recuerdos acudieron atropellados. Claire, la bella excéntrica pelirroja; ¿existiría en verdad?, rememoré su actitud altiva y refinada que contrastaba con la extraña frivolidad que exteriorizaba.

El recordar el nombre del lugar que me sugirió la mujer de los ojos negros, me trajo la imagen de un rincón en un laberinto inexpugnable donde se escondían seres extraños.

Por su decir en mi sueño "En ese café se dan cita los personajes anónimos más fascinantes de París".

Curiosamente, cuando conocí a Claire, ella misma causó en mí idéntica impresión.

Mis pensamientos y sobre todo mis fantasías, me regresaban el nombre del lugar a lo largo del día que peleaba una batalla desigual con la noche. El día se ocupaba febrilmente de enrostrarme mis frustraciones y la noche, esa impiadosa y ardiente noche de París, enardecía mis sentidos y me acompañaba a transponer mis fronteras físicas y psíquicas.

Procuré apartarlo de mi mente leyendo los titulares del diario tal como acostumbraba todos los mediodías. Las noticias de la paz no eran nada alentadoras. No podía dejar de pensar que se enterraba la semilla de otro conflicto bélico cuya dimensión podía superar la imaginación más apocalíptica. Parecía que el saber popular tenía una incógnita: si el que siembra viento recoge tempestades, quienes siembran la tempestad de la inequidad: ¿qué recogerán?

Las profusas declaraciones de los líderes me volvieron a traer el nombre del café donde había la posibilidad —acaso ingenua o incierta— de volver a ver a Claire, que era mi prioridad. Por otra parte, despertaba un antiguo placer personal: coleccionar historias de vida.

En realidad, la especie humana es coleccionista; los menos coleccionan objetos con mayor o menor utilidad, pero todos coleccionamos algo; sentimientos, frustraciones, fracasos, éxitos, sueños… Quizá "El café del callejón sin salida" fuese uno de esos sitios que te marcan para siempre. Ciertamente no lo sabía, pero me propuse buscarlo y visitarlo esa misma noche.

Doblé con cuidado el periódico, no sin antes leer los anuncios y comprobar que no había ninguno que colmara mis expectativas e inicié el regreso a casa. Por la tarde tomé una larga siesta en la que tuve un curioso sueño.

Al parecer me encontraba sentado en una oscura habitación con una bella mesa de exquisitos grabados frente a mí. Una lámpara colgante similar a la de los salones de billar pendía del techo y su luz ambarina era muy pálida. Yo me sentía emocionado, casi impaciente, cuando de la penumbra apareció Claire. Su mirada tenía un brillo extraño y la cara exhibía la media sonrisa que me fascinó cuando la conocí. El pelo suelto le daba un toque sensual a sus labios. Llegó frente a mí y al sentarse me dijo:

—Buenas noches querido.

Ya sentada alargó la mano para posarla en la mía. El contacto me estremeció y desperté.

Permanecí un largo rato con los ojos cerrados, recreando esa última imagen.

Al anochecer me vestí con cierto esmero, elegí un traje negro, pensando que la universalidad del color me favorecería, luego salí y me dispuse a caminar por *Montparnasse*. Me emocionaba el pisar las aceras y dejar mis huellas sobre las de los artistas que tanto admiraba.

Los atardeceres de Paris eran tan peculiares como la ciudad misma. El silencio va ganando espacio al mismo tiempo que el sol se oculta y esa miscelánea en donde lo culto y lo popular, lo sacro y lo esotérico, lo intelectual y los sentidos conviven con desparpajo comienza a mostrarse en plenitud.

Me gustaba sentir la presencia de los siglos en cualquiera de las dos riveras del Sena, pensar que esas piedras habían contemplado los cambios más intensos de la historia y ahora eran el teatro donde miles se sentían protagonistas. No era extraño escuchar discusiones fervorosas en las más extrañas lenguas. Refugiados políticos se mezclaban con visitantes o soldados rezagados que esperaban pacientemente la vuelta a casa mientras ahogaban en música, pintura, literatura o faldas de mujer la nostalgia y la desazón. Todos éramos ciudadanos del mundo por unas horas, si estábamos sentados en la Sala de Grande Chaumière excitados por la larga y perfecta fila de esbeltas piernas descaradamente levantadas a la altura de la cabeza al son alegre y aturdidor del can-can.

Ese anochecer elegí la rivera izquierda, por ella los intrusos carros a motor aún no circulaban y además esa noche me sentía particularmente inclinado a caminar.

Alrededor de las 11 de la noche, contraté un calesín para que me trasladara hasta el lugar, me sorprendió que el casi anciano conductor se mostrara extrañado al oír mi solicitud, y hube de repetirla. Me miró por un instante y se volvió para ocuparse de la rienda.

Aunque el fresco de la noche y la humedad del río se hacían sentir el viaje, acunado por el golpetear de los cascos de los caballos, era un bocado nada despreciable para el espíritu.

No sabía exactamente el recorrido, la espalda del cochero envuelta en el frac negro coronado por la alta levita tenían un aura tétrica que contrastaba fuertemente con el vigoroso esplendor del entorno.

Al pasar por el mercado cercano al Panteón le di orden al cochero de detenerse un momento y compré un racimo de uvas para asentar el estómago y prepararlo para los embates de la noche. Pensé en el Conde de

Provence que hacía años abría generoso las puertas de los jardines de su palacio, apenas unas cuadras más adelante, para que la gente probara los frutos de su huerto por unos pocos francos. Al pasar frente a la imponente reja, ya cerrada por la hora, no pude dejar de advertir que la guerra había hecho estragos también allí. Con seguridad los jardineros habían debido cambiar las palas y las tijeras de podar por los fusiles.

El cochero tomó por Saint Germain de Près, allí el ambiente era otro. Cada café comenzaba a recoger a sus habitues. Supuse que el café estaría por allí de modo que iba leyendo las marquesinas tratando de anticipar la llegada, pero no sucedió tal cosa.

Continuamos por largo rato y al pasar frente a la iglesia, la torre comenzó a lanzar el vibrante sonido de las 12 campanadas del antiguo reloj.

Con la sexta campanada dejamos el boulevard y nos adentramos en una angosta, solitaria y empedrada calleja por un par de cuadras.

Transitamos en silencio todo el tiempo, el sonido de los cascos retumbaba en la oscura calle y enrarecía el entorno.

Cuando la décima campanada sonó, el cochero escuetamente me indicó que el lugar estaba a media cuadra adelante. Sin decir palabra, aboné sus honorarios y descendí del calesín. Volví la vista a todas partes pero el lugar estaba desierto. Caminé despacio hasta un viejo portón de madera. Las letras del anuncio estaban casi ilegibles: "El callejón sin salida". Por un instante inexplicablemente pensé en regresarme.

Es difícil que los pasos del hombre estén guiados por la cordura cuando se empeña en explorar en lo desconocido, más aun cuando en ello está involucrada una mujer.

Estaba a punto de tomar la aldaba cuando la puerta se abrió. Ya habían sonado las doce campanadas. Quizá fuese un presagio.

CAPÍTULO III

Un sujeto bajo y obeso asomó la cabeza, me miró de arriba abajo y preguntó:

—¿Está armado Monsieur?

Negué con la cabeza y levanté ligeramente ambas manos. Entonces abrió para permitirme el paso. Cerró nuevamente y me condujo por un cuarto en penumbras, luego abrió otra puerta y allí había un amplio salón a media luz.

Estaba casi lleno de gente y la atmósfera blanquecina por el humo del tabaco era la típica de esos lugares. Una hermosa y antigua barra de madera se veía al fondo y la contra barra contenía un sin número de botellas de licor. Las mesas y sillas del lugar eran antiguas pero bien conservadas. Un mozo me saludó con una reverencia y me dijo:

—¡*Bienvenu Monsieur*!

Con un ademán me indicó una pequeña mesa desocupada de dos sillas pero con la pobreza de mi francés inquirí:

—¿Podría sentarme un rato frente a la barra?

—*Oui Monsieur...*

Caminé por entre las mesas, ya que no seguían una formación regular y me senté en un banco alto mientras veía mi imagen reflejada en el gran espejo que estaba tras la barra. Desde allí podía mirar la mayoría de las mesas.

Luego de tomar asiento en uno de los extremos, ansioso busqué con al mirada entre las damas que se encontraban en el lugar pero Madame Claire no estaba allí… tampoco la mujer de los ojos negros. Entonces me relajé y me dispuse a esperar que alguna de ellas pudiera aparecer en cualquier momento.

Mi primera impresión se negaba a creer que Madame Claire Fallet frecuentara un lugar de esos pero… en realidad no la conocía lo suficiente.

El barman era un hombre corpulento de fuerte acento parisino. Su mirada no tenía expresión cuando me interrogó sobre mi preferencia y escuetamente le pedí vino de la casa.

Se dio vuelta y de un barril sirvió una porción generosa de vino rojo. Luego al ver que yo extraía mi pipa y empezaba a cargarla, me acercó un limpio cenicero de bronce.

Aspiré el aroma del tabaco para luego expelerlo lentamente.

El barman se acercó a mí al oler el humo de mi pipa y sonriendo me dijo:

—Hacía mucho tiempo que no olía el aroma de Maple Monsieur. ¿Sabe?, un hermano que Visitó Canadá en América me trajo en una ocasión un tabaco con ese aroma.

—Me gusta el sabor y me parece que es agradable aun para los que no fuman…

—Tiene usted razón Monsieur.

—¿Usted fuma? —le interrogué.

—Sí pero sólo un poco… no aquí por supuesto.

—Permítame obsequiarle este tabaco, no es mucho lo que queda pero lo disfrutará.

—¡Oh, no Monsieur!, no deseo importunarle…

—Vamos, tengo mi reserva en casa —insistí al tiempo que le acercaba la bolsa y la dejaba sobre la barra.

Vaciló un momento y entonces sonriendo me dijo:

—Entonces hagamos esto… —se atuzó el bigote y con un gesto de complicidad tomó la copa que recién me había servido y me dijo:

—Este es un buen vino de la casa, pero el que le ofreceré ahora, no lo encontrará en ningún lugar… es un reserva especial que recibe la patrona.

Luego salió un momento de la barra y me trajo una nueva copa con vino rojo.

Era una copa elegante de cristal cortado, diferente a las que se veían alineadas en la contrabarra.

Tomé la copa y observé que el color y aroma prometían una delicia. Un mozo reclamó la atención del barman y haciendo un ademán se retiró.

Recargué mi espalda en el respaldo del banco y bebí el primer sorbo. Lo saboreé a la usanza y complacido estuve de acuerdo en la calidad.

Ya confortablemente situado, empecé a inspeccionar el lugar.

Lo primero que llamó mi atención fue la música de piano que provenía de la pared que estaba a mis espaldas. Allí un hombre enjuto de pelo cano, camisa que un día fue blanca y pantalón oscuro sujeto con tirantes ejecutaba piezas populares. Recorría el amarillento teclado con ágiles dedos casi del mismo color.

Ciertamente no conocía la melodía pero me pareció que el hombre la interpretaba estupendamente. Me

Por supuesto, no esperó la respuesta y dándome la espalda se dirigió a la mesa en que se encontraba antes. Yo estaba realmente apenado por no haber aclarado la situación oportunamente y me di cuenta que aun estaba de pie frente a sus amigos a pesar de que uno de ellos también se había parado y sosteniéndolo por los hombros le decía: "no empieces otra vez con eso Modi, ya cálmate ¿quieres?" mientras que, con ademanes vigorosos, el hombre trataba de explicarles el incidente con el disgusto reflejado en el rostro y los otros reían por los comentarios que hacía quien había estado conmigo momentos antes.

Dado que la botella de coñac había quedado en mi mesa, llamé al mozo para pagar la única copa de vino que había bebido pero éste señaló al barman y me dijo que no debía nada. Le alcancé una propina y le pedí que llevara la botella a su dueño. Después me incorporé dispuesto a salir del lugar.

Demasiada notoriedad para una sola noche. Me sentía ofuscado y de algún modo observado por los asistentes, tuve la sensación que hasta el hombre del piano me miraba silente.

gustó que la música se pudiera escuchar a pesar del natural bullicio del lugar.

En el extremo opuesto al que me encontraba, había un grupo de oficiales acompañado por el mismo número de jóvenes mujeres, todos ocupaban dos mesas, y departían alegremente. Sin duda éstos eran sobrevivientes de la guerra y quizá formaran parte de las guarniciones de seguridad que aun se veían en gran número por la ciudad. Por la manera de beber se diría que deseaban acabar con el alcohol del lugar.

Uno de los militares que portaba varias medallas en su chaqueta se levantó y fue hasta el pianista que recién había terminado de ejecutar una pieza clásica. Tenía un aire desenvuelto y le hablaba con familiaridad. Evidentemente era francés, pero noté que su acento era muy diferente al que me había acostumbrado. La atención que tenía puesta me hizo escuchar que al final dijo:

—¡Claro que Debussy fue estupendo!, pero algo más alegre nos vendrá muy bien.

El pianista que empezaba a armar un cigarro de hoja asintió en varias ocasiones y se volvió al grupo que expectante esperaba, con el cigarrillo en la boca principió unos alegres compases. El grupo, supongo que al ser complacido, aplaudió festivamente.

En la mesa que estaba a mis espaldas había tres hombres y una mujer que vestían elegantemente, bebían champagne y mantenían una conversación en voz baja, parecía que estaban muy divertidos con la plática de uno de ellos que gesticulaba excesivamente al tiempo de hablar.

En otra mesa había un grupo de hombres maduros. No parecían tener cosas en común— al menos en apariencia— ya que era un grupo heterogéneo. Al observarlos uno a uno, mi mirada coincidió con un hombre de cabello revuelto. Éste me miró fijamente alzando las cejas espesas y lentamente se levantó de su sitio. Algo le dijo a sus acompañantes y éstos volvieron la vista hacia mí. En ese momento yo daba la espalda, así que buscaron mi rostro en el espejo.

El hombre se dirigió directamente hacia mí. Al llegar a mi lado me dijo en italiano con tono festivo:

—¿Será posible que seas Antoine Pierrot? ¡no te veía desde la subasta!, ¿lo recuerdas?

Yo me había vuelto hacia él en actitud expectante, me di cuenta que tenía un rostro agradable aunque cansado, con ojos muy negros pero de mirada tan clara que el alcohol no lograba enturbiar, aunque la voz pastosa le traicionara.

Sin darme oportunidad de hablar, al tiempo que me tomaba del brazo y urgido me indicaba la mesa que antes me había ofrecido el mozo, continuó diciéndome:

—¡Te he buscado desde mi regreso!, debemos hablar de la subasta, ¿quieres?. Deseo hacer una nueva oferta… No creo que te niegues, y menos ahora, ¿no?

Yo no salía de mi sorpresa aun cuando me veía prácticamente arrastrado hacia la mesa. Algo me sucedió en ese momento que me impidió aclarar la confusión y sin quererlo me dejé conducir. El hombre no paraba de hablar:

—¿Donde te has metido?, ¡No sabes el gusto que me da verte! Bebamos un coñac, como en los viejos tiempos, ¿no? —decía al momento que ordenaba al mozo que había acudido para atendernos.

Luego se levantó un instante y exclamó en voz alta dirigiéndose al pianista.

—Jacques, ¡toca una diana para Antoine!

Todos volvieron la vista hacia él pero pareció no importarle o más aun, se exhibió un poco al levantar la voz y tararear festivamente los acordes del piano.

Tomó la botella que el mozo había llevado a la mesa y con muy buen pulso llenó las dos copas. Me acercó una de ellas mientras él levantaba la suya para decir:

—¡Salud mi querido Antoine! —de un sólo trago apuró la copa y me miró sonriente.

Yo no acertaba a encontrar el momento en que debía aclarar la confusión, que empezaba a preocuparme, por un lado me costaba trabajo entender su lenguaje y por otro, la velocidad que le imprimía a las palabras así como los ademanes y gestos con que las acompañaba, me habían hecho enmudecer.

—Jeanne me alcanzará pronto con la bebé y debemos cambiar varias cosas. —luego, quizá al ver la interrogación en mi rostro, pareció reparar en algo y agregó riendo—: Bueno, es que no sabes que tenemos una niña de pocos meses, te juro que es tan hermosa como su madre. —En ese momento sus ojos miraron hacia arriba, quizá evocando las imágenes y la pausa me dio el espacio que necesitaba.

—Disculpe Señor, me temo que usted me ha confundido…

Mi repentino acompañante me miró fijamente yendo de la sorpresa a la cólera en un instante.

—¿Cómo?, ¿Entonces no eres el maldito Pierrot —Sin dejar de verme preguntó—: ¿Entonces quién demonios eres? —me dirigió una iracunda mirada tiempo que se levantaba de la silla.

CAPÍTULO IV

Caminé como aplastando el enojo contra los extraños arabescos del piso, con la mirada fija en la puerta de comunicación con el vestíbulo que, oscura, cerraba el paso.

Anárquico mi pensamiento saltaba de un interrogante a otro:

¿Quién sería el tal Antoine Pierrot con el que me había confundido el italiano del que ni siquiera sabía su nombre?

Instantáneamente recordé que su amigo le había llamado Modi. —¿Porqué le llamaría así?

Yo mismo abrí la puerta del vestíbulo y traté de acostumbrarme a la media luz. Antes de llegar a la salida sentí una mano sobre el hombro; era el mismo hombre que procuraba detenerme.

—Espere, no se marche aún, me temo que he sido yo quién le ha estropeado la noche, deseo que acepte mis disculpas y me acompañe a beber este estupendo coñac. —dijo mostrando la botella que inicialmente había ordenado y que llevaba con él.

Notó mi vacilación y me dijo:

—Por su acento, se que usted es extranjero y me mortifica haber sido grosero, vamos permítame invitarlo de nuevo, por favor...

El tono era conciliador y muy convincente tanto como elocuente el gesto de arrepentimiento, de modo que decidí dejar de lado mi fastidio y regresar sobre mis pasos hasta la mesa de las dos sillas. Pensé que todavía era temprano y después de todo era lo mejor, ya que aun había posibilidades de que Madame Claire o la mujer de los ojos negros llegaran al Café, además, quizá éste individuo fuese unos de esos personajes a los que ésta última se refería…

Ninguno de los presentes se inmutó cuando nos sentamos en el mismo lugar y me di cuenta que el hombre tenía otro semblante. Con sonrisa triste sirvió dos copas y seguidamente me invitó a chocarlas diciendo:

—¡Brindemos por la subasta de los sueños!

Aunque no entendía cabalmente el motivo del brindis, sonreí asintiendo. Miré como llenó de nuevo su copa y la apuró de un trago. Luego con una sonrisa me preguntó:

—¿Ha estado en una subasta?

—No, nunca lo he hecho…

Rió de buena gana y agregó maliciosamente:

— Bueno, en realidad yo he asistido a varias… pero no exactamente de obras de arte.

Ambos reímos y sentí que allí se distendía el incidente anterior.

—¿Sabes?, hace días que regresé de Livorno, ahora estoy buscando un lugar para establecerme…. te lo dije, ¿no es así?

—No, lo que dijiste fue que es igual de hermosa que su madre…

—Si. Sé que no soy el padre ideal… bueno, más bien soy un desastre total, pero podría tratar de estar a la altura. — guardó silencio un momento y luego gustó que la música se pudiera escuchar a pesar del natural bullicio del lugar.

En el extremo opuesto al que me encontraba, había un grupo de oficiales acompañado por el mismo número de jóvenes mujeres, todos ocupaban dos mesas, y departían alegremente. Sin duda éstos eran sobrevivientes de la guerra y quizá formaran parte de las guarniciones de seguridad que aun se veían en gran número por la ciudad. Por la manera de beber se diría que deseaban acabar con el alcohol del lugar.

Uno de los militares que portaba varias medallas en su chaqueta se levantó y fue hasta el pianista que recién había terminado de ejecutar una pieza clásica. Tenía un aire desenvuelto y le hablaba con familiaridad. Evidentemente era francés, pero noté que su acento era muy diferente al que me había acostumbrado. La atención que tenía puesta me hizo escuchar que al final dijo:

—¡Claro que Debussy fue estupendo!, pero algo más alegre nos vendrá muy bien.

El pianista que empezaba a armar un cigarro de hoja asintió en varias ocasiones y se volvió al grupo que expectante esperaba, con el cigarrillo en la boca principió unos alegres compases. El grupo, supongo que al ser complacido, aplaudió festivamente.

En la mesa que estaba a mis espaldas había tres hombres y una mujer que vestían elegantemente, bebían champagne y mantenían una conversación en voz baja, parecía que estaban muy divertidos con la plática de uno de ellos que gesticulaba excesivamente al tiempo de hablar.

En otra mesa había un grupo de hombres maduros. No parecían tener cosas en común— al menos en apariencia— ya que era un grupo heterogéneo. Al observarlos uno a uno, mi mirada coincidió con un hombre de cabello revuelto. Éste me miró fijamente alzando las cejas espesas y lentamente se levantó de su sitio. Algo le dijo a sus acompañantes y éstos volvieron la vista hacia mí. En ese momento yo daba la espalda, así que buscaron mi rostro en el espejo.

El hombre se dirigió directamente hacia mí. Al llegar a mi lado me dijo en italiano con tono festivo:

—¿Será posible que seas Antoine Pierrot? ¡no te veía desde la subasta!, ¿lo recuerdas?

Yo me había vuelto hacia él en actitud expectante, me di cuenta que tenía un rostro agradable aunque cansado, con ojos muy negros pero de mirada tan clara que el alcohol no lograba enturbiar, aunque la voz pastosa le traicionara.

Sin darme oportunidad de hablar, al tiempo que me tomaba del brazo y urgido me indicaba la mesa que antes me había ofrecido el mozo, continuó diciéndome:

—¡Te he buscado desde mi regreso!, debemos hablar de la subasta, ¿quieres?. Deseo hacer una nueva oferta… No creo que te niegues, y menos ahora, ¿no?

Yo no salía de mi sorpresa aun cuando me veía prácticamente arrastrado hacia la mesa. Algo me sucedió en ese momento que me impidió aclarar la confusión y sin quererlo me dejé conducir. El hombre no paraba de hablar:

—¿Donde te has metido?, ¡No sabes el gusto que me da verte! Bebamos un coñac, como en los viejos tiempos, ¿no? —decía al momento que ordenaba al mozo que había acudido para atendernos.

Luego se levantó un instante y exclamó en voz alta dirigiéndose al pianista.

—Jacques, ¡toca una diana para Antoine!

Todos volvieron la vista hacia él pero pareció no importarle o más aun, se exhibió un poco al levantar la voz y tararear festivamente los acordes del piano.

Tomó la botella que el mozo había llevado a la mesa y con muy buen pulso llenó las dos copas. Me acercó una de ellas mientras él levantaba la suya para decir:

—¡Salud mi querido Antoine! —de un sólo trago apuró la copa y me miró sonriente.

Yo no acertaba a encontrar el momento en que debía aclarar la confusión, que empezaba a preocuparme, por un lado me costaba trabajo entender su lenguaje y por otro, la velocidad que le imprimía a las palabras así como los ademanes y gestos con que las acompañaba, me habían hecho enmudecer.

—Jeanne me alcanzará pronto con la bebé y debemos cambiar varias cosas. —luego, quizá al ver la interrogación en mi rostro, pareció reparar en algo y agregó riendo—: Bueno, es que no sabes que tenemos una niña de pocos meses, te juro que es tan hermosa como su madre. —En ese momento sus ojos miraron hacia arriba, quizá evocando las imágenes y la pausa me dio el espacio que necesitaba.

—Disculpe Señor, me temo que usted me ha confundido...

Mi repentino acompañante me miró fijamente, yendo de la sorpresa a la cólera en un instante.

—¿Cómo?, ¿Entonces no eres el maldito Pierrot? —Sin dejar de verme preguntó—: ¿Entonces quién demonios eres? —me dirigió una iracunda mirada al tiempo que se levantaba de la silla.

Por supuesto, no esperó la respuesta y dándome la espalda se dirigió a la mesa en que se encontraba antes. Yo estaba realmente apenado por no haber aclarado la situación oportunamente y me di cuenta que aun estaba de pie frente a sus amigos a pesar de que uno de ellos también se había parado y sosteniéndolo por los hombros le decía: "no empieces otra vez con eso Modi, ya cálmate ¿quieres?" mientras que, con ademanes vigorosos, el hombre trataba de explicarles el incidente con el disgusto reflejado en el rostro y los otros reían por los comentarios que hacía quien había estado conmigo momentos antes.

Dado que la botella de coñac había quedado en mi mesa, llamé al mozo para pagar la única copa de vino que había bebido pero éste señaló al barman y me dijo que no debía nada. Le alcancé una propina y le pedí que llevara la botella a su dueño. Después me incorporé dispuesto a salir del lugar.

Demasiada notoriedad para una sola noche. Me sentía ofuscado y de algún modo observado por los asistentes, tuve la sensación que hasta el hombre del piano me miraba silente.

CAPÍTULO IV

Caminé como aplastando el enojo contra los extraños arabescos del piso, con la mirada fija en la puerta de comunicación con el vestíbulo que, oscura, cerraba el paso.

Anárquico mi pensamiento saltaba de un interrogante a otro:

¿Quién sería el tal Antoine Pierrot con el que me había confundido el italiano del que ni siquiera sabía su nombre?

Instantáneamente recordé que su amigo le había llamado Modi. —¿Porqué le llamaría así?

Yo mismo abrí la puerta del vestíbulo y traté de acostumbrarme a la media luz. Antes de llegar a la salida sentí una mano sobre el hombro; era el mismo hombre que procuraba detenerme.

—Espere, no se marche aún, me temo que he sido yo quién le ha estropeado la noche, deseo que acepte mis disculpas y me acompañe a beber este estupendo coñac. —dijo mostrando la botella que inicialmente había ordenado y que llevaba con él.

Notó mi vacilación y me dijo:

—Por su acento, se que usted es extranjero y me mortifica haber sido grosero, vamos permítame invitarlo de nuevo, por favor…

El tono era conciliador y muy convincente tanto como elocuente el gesto de arrepentimiento, de modo que decidí dejar de lado mi fastidio y regresar sobre mis pasos hasta la mesa de las dos sillas. Pensé que todavía era temprano y después de todo era lo mejor, ya que aun había posibilidades de que Madame Claire o la mujer de los ojos negros llegaran al Café, además, quizá éste individuo fuese unos de esos personajes a los que ésta última se refería…

Ninguno de los presentes se inmutó cuando nos sentamos en el mismo lugar y me di cuenta que el hombre tenía otro semblante. Con sonrisa triste sirvió dos copas y seguidamente me invitó a chocarlas diciendo:

—¡Brindemos por la subasta de los sueños!

Aunque no entendía cabalmente el motivo del brindis, sonreí asintiendo. Miré como llenó de nuevo su copa y la apuró de un trago. Luego con una sonrisa me preguntó:

—¿Ha estado en una subasta?

—No, nunca lo he hecho…

Rió de buena gana y agregó maliciosamente:

— Bueno, en realidad yo he asistido a varias… pero no exactamente de obras de arte.

Ambos reímos y sentí que allí se distendía el incidente anterior.

—¿Sabes?, hace días que regresé de Livorno, ahora estoy buscando un lugar para establecerme…. te lo dije, ¿no es así?

—No, lo que dijiste fue que es igual de hermosa que su madre…

—Si. Sé que no soy el padre ideal… bueno, más bien soy un desastre total, pero podría tratar de estar a la altura. — guardó silencio un momento y luego preguntó—: Tú eres de América, ¿que haces en París? —y divertido comentó —: No eres comprador de arte, ¿ó sí?

—No, claro que no, pretendo ser un vendedor, pero por ahora sólo soy un simple turista.

—¡Eres un agente de artistas!, ¿verdad?

—No, nada de eso, he escrito y publicado unas pocas cosas… nada para impresionar.

—Bien, eres escritor. ¿Y que escribes?

— Artículos para periódicos y revistas…

En ese momento se acercó uno de los hombres que estaba en la mesa donde originalmente se encontraba mi acompañante. No era italiano, tenía los ojos un poco juntos y mostraba una barba de varios días.

— Modi, yo debo irme por el asunto que te mencioné… te veré mañana.

—¡Ah Mario!… está bien… ¡Cuídate!

El hombre me miró sin interés y con un leve movimiento de cabeza se despidió. Modi se volvió para echar un vistazo a sus amigos que aun permanecían allí. Al parecer estaban enfrascados en alguna discusión puesto que hablaban varios a la vez. Modi sonriendo se volvió a mí y dijo:

—Éstos ya están en lo mismo, ¿sabes?, hablan del gordo…

Al ver que yo buscaba con la mirada el gordo al que se refería, movió la cabeza negativamente y dijo:

—No, no, hablan del gordo, del abogado, el de los Fauves…

—¡Ah, eso sí lo sé!, el francés que colorea como niño, ¿no?

Modi soltó una carcajada y se volvió nuevamente a sus amigos que seguían discutiendo. Me parece que le gustó que yo supiera de qué hablaba y la risa de ambos acompañó cuando nos servimos otra copa más.

En ese momento me encontraba ya a mis anchas, había recuperado el clima que me acompañó en esas noches de bohemia. Una mezcla de descontrol y libertad, despojado de la solemnidad de la conducta social a la que yo estaba acostumbrado y donde los márgenes de la cautela se difuminan.

Seguimos hablando por un rato y sin relación aparente recordé a Claire, entonces pregunté a Modi.

—Dime, ¿conoces a Madame Claire Fallet?

Primero serio y luego divertido me preguntó:

—No, no creo ni haber escuchado el nombre, ¿es bonita?

Miré hacia dentro de mí y la vi claramente y entonces respondí:

—Es muy bella; es pelirroja, elegante y audaz. Baila como una diosa…

—¡Ah vamos, estás enamorado! —dijo riendo y palmeando la mesa.

—Bueno, sólo la he visto una vez…

Luego le referí detalladamente el encuentro que había tenido. Creo que disfrutó mucho de mi relato. También le mencioné que alguien me había sugerido venir a este lugar y entonces me dijo:

—He visto aquí a una mujer así hace unos días, me dio la impresión de ser artista de teatro, tú sabes cómo son, ¿no?… pero quizá no sea ella porque no recuerdo haber escuchado ese nombre.

Luego recordé el motivo por el que estaba bebiendo coñac con el italiano y le pregunté:

— ¿Y quién es Antoine Pierrot?

Le sorprendió mi pregunta y quedó mirando la copa por un momento, luego la apuró para volver a llenarla. Sin verme me dijo:

—El es un tipo que conocí hace años, sólo una noche… no he vuelto a verle más que en sueños, sueños muy frecuentes en los últimos meses. Casi a diario revivo en ellos las escenas del encuentro que tuvimos, pero no son las mismas imágenes, son otras… se diría que Pierrot cobra vida en mis sueños y constantemente me recuerda que tengo un pendiente que cumplir. Hay momentos en que aun mientras trabajo creo que está a mi espalda y observa en silencio todo lo que hago. Luego creo que me susurra algo al oído y ello me hace corregir un rasgo o cambiar el color de la paleta…

—Me parece que sólo estás obsesionado, quizá deberías alejarte por un tiempo…

— ¡Eso hice exactamente pero no ha resultado!, te digo que cada vez es una sensación más intensa, más… real. Hoy mismo, antes de que llegaras, parecía que estaba sentado a mi lado, vigilando mi conversación, metiéndome en la cabeza las respuestas y los pensamientos… luego de pronto me sentí liberado, fue como si se hubiese levantado de mi lado y se hubiese alejado, fue tan claro que cuando nos miramos a través del espejo, el corazón me dio un vuelco. ¡Te confundí!, ¡pensé que eras él!… pero sólo fue una equivocación.

La voz de Modi se volvió cavernosa, como si descendiera a las catacumbas de su espíritu y desde allí procurara resurgir agotado. Los antebrazos mostraban la rigidez del cuerpo y las manos se aferraban al borde de la mesa hasta dejar ver los nudillos blancos.

—¿Entonces mi parecido con Pierrot es físico solamente? —inquirí tratando de suavizar la tensión de Modi.

El italiano quedó en silencio por un rato, me miró con detenimiento y luego contestó:

—¿Sabes?, tienes un parecido extraordinario con Antoine Pierrot, sólo que su voz era diferente… bueno, tú no eres francés y supongo que eso debe influir. Además tú eres más… ¿cómo diría?… paciente, eso es, bueno, al menos eso creo. — dijo mirándome de reojo y dando un trago al coñac — Daría cualquier cosa por encontrarlo de nuevo y aclararlo todo.

Cada silencio de mi interlocutor me dejaba la impresión que la plática seguía pero en un ámbito más recoleto, privado, reservado en exclusivo a la angustia que lo embargaba.

Luego, como si regresara, me miró directamente y sin más preguntó:

—¿Quieres que te cuente?

—¡Claro, por favor! —le contesté sin pensarlo.

Se volvió a la barra y levantó la mano para llamar la atención, luego con un ademán indicó que quería otra botella igual, después suspiró y dijo para sí:

—Quizá el relato aleje mi obsesión…

CAPÍTULO V

Mi acompañante acomodó los cabellos que habían caído sobre su frente y me contó con vehemencia, lo que estoy seguro fue un episodio crucial de su vida.

En ese momento, el rostro se le había transformado nuevamente. Se veía atormentado y bajo el influjo de una pasión extraña. Detuvo la mirada en un punto en el interior de la copa que estaba frente a él e inició el relato.

—Hace poco más de dos años o quizá tres, una noche muy fría, Chaïm, Moshe y yo nos habíamos reunido como todas las noches de esa época en el estudio de Chaïm. Conversábamos y bebíamos vino. En esa ocasión yo había llevado una buena cantidad de hashish y lo fumamos hasta agotarlo. Ahora que lo pienso no es casual que hashish y asesino provengan de la misma palabra. No formábamos parte del *Club des Haschischiens* pero compartimos con ellos la búsqueda de nuevas formas de expresión y entendimiento del mismo modo que envolvernos en el placer de los intensos sueños eróticos.

Como casi siempre, comentábamos las noticias de la guerra, esa guerra a la que quise ir pero no pude hacerlo… Bueno, quizá fue mejor, seguramente no habría regresado. Tú no has ido a la guerra, ¿no es así?

—No, no he ido nunca, ¿sabes?, además no creo en ellas…

Me miró y rió suavemente para continuar.

—Esa noche tomé un diario viejo que estaba en el estudio y al hojearlo leí un artículo que se refería a las ciencias ocultas, entonces comenzamos a hablar de la cronopatía porque recién había muerto Papus, ése médico que era español pero vivió en Francia muchos años.

Nos enfrascamos en una discusión sobre las diferencias entre la cronopatía y la adivinación, los tres poseíamos al menos dos secretos herméticos de modo que nos creíamos en condiciones de argumentar con propiedad en uno u otro sentido.

El caso fue que Chaïm quería que buscáramos una adivina, ¿te imaginas a esa hora y con ese frío? Moshe siempre estaba también con ese asunto y yo no quería andar escuchando cosas de esas, no creo en la suerte, como afirma el Kybalion no es más que el nombre que se le da a una ley no conocida. ¿Tú has visitado una adivina alguna vez?

—Sí claro, ¿quién no?, —le dije recordando la tarjeta de Madame Gigot— ¡Si hasta el Police Bureau recurrió a una para detener a Landrú hace unos días!

—¿Y que te dijeron? —Preguntó interesado.

—¡Bah!… creo que me dijeron que iba a ser afortunado con las mujeres…aunque quizá no tanto como Landrú que, con un simple aviso en el periódico consiguió reunir doscientas ochenta y tres pero… — reímos a carcajadas por un momento y bebimos después de un brindis.

—Bueno, eso resultó cierto, ¿no? —la risa de Modi era sonora y clara

—Pues no me quejo jajaja. Y tú que tal? —le pregunté con cierta malicia.

—¡Ah, que bellas son! Y las ajenas más, ¿verdad?

Volvimos a reír. Luego el italiano se puso serio aunque no como antes y retomó el relato.

—Te decía que estábamos en ese asunto cuando se agotó el vino. Esto evitó que claudicara ante la presión de Chaim y Moshé que ya habían instalado la qüija e insistían en comunicarse con los espíritus de August Macke porque no teníamos noticias de Franz Marc que se había enlistado como voluntario y además porque deseaba preguntarle algunas cuestiones acerca de un cuadro de él que admiraba. Pero sin vino hasta los espíritus más consecuentes se niegan a aparecer —las últimas palabras de Modí fueron acompañadas por el tintineo del vino en nuestras copas.

—Es notable cuanta gente dedica tiempo a la Qüija en estos días, desesperados por comunicarse con los espíritus de sus muertos. Por momentos creo que la brisa constante de esta ciudad no proviene del río, sino de tantos espíritus sin descanso que vagan buscando cuál es el oráculo que los demanda —Lo dije no sin cierto estremecimiento.

—Desde siempre me ha intimidado desatar desaprensivamente las fuerzas de la mente —agregó Modí urgido por reanudar el relato. Después de un largo trago avanzó

—Te decía que estábamos en ese asunto cuando se agotó el vino. Como era aun muy temprano, salimos a la calle en busca de una taberna para continuar.

Caminamos bajo una llovizna leve y seguimos discutiendo apasionadamente. Creo que todos nos empezamos a impacientar, porque esa noche parecía imposible ponernos de acuerdo.

Recuerdo que cuando estábamos al punto de la exasperación Moshe resbaló aparatosamente, y al caer se golpeó en un codo. Chaïm y yo reímos un poco pero callamos al momento en que nos dimos cuenta que no se levantaba porque se había lastimado. Le tomamos de los brazos para incorporarlo y se quejó lastimosamente, fue entonces cuando escuchamos aquella voz a nuestras espaldas:

—"¡Este hombre tiene el codo lastimado!, permítanme verlo."—exclamó en un tono que ni siquiera nos dio la posibilidad de sorprendernos. El sujeto se puso al lado de Moshe y subiéndole la manga le examinó al tacto porque el lugar estaba oscuro. Nos indicó que nos acercáramos a un farol para ver mejor el brazo de Moïse y así lo hicimos. Luego de verlo, lo tomó firmemente de la mano y le dio un tirón. Mi amigo lanzó un aullido pero casi inmediatamente se sintió mejor.

El hombre sonrió y mirándonos dijo:

— *"Bien, éste está listo para otro mal paso…"*

Reímos todos y le agradecimos su ayuda, luego preguntó:

— *"¿Van al café del callejón?"*

Por extraño que parezca, ninguno de nosotros conocíamos ese café y así se lo dijimos.

Moshe dijo que nos mostrara y que invitaba las copas pero el sujeto replicó:

— *"Nada de eso, les llevaré al lugar, es casi desconocido porque se asiste… digamos que por invitación de alguien que ya ha sido aceptado. — al ver la cara de Moïse agregó — vamos hombre, no es lo que piensas, en realidad no es lujoso ni caro pero será mejor que me dejen hacerles la invitación completa, ¿estamos?"*

El tipo tenía una voz grave y profunda y una mirada mortalmente directa, su vestimenta era fina y su personalidad mundana. Así, nos pusimos en marcha mientras él nos decía algunas cosas más del café que resultó llamarse; "El Callejón sin salida". ¿Te resulta familiar verdad?

La pregunta de Modí me sorprendió, como si alguien abriera la puerta cuando se está en el cuarto de revelado de fotografías. El relato más el modo vívido con que era narrado me hacía sentir en medio de la escena.

—Es curioso —comencé a responder al tiempo que Modí me miraba fijamente —parece ser que a este lugar se llega en circunstancias inusuales…

Modí se aprestó a continuar como si no hubiese escuchado mi acotación y la atmósfera volvió a generarse envolviéndome en un halo.

—Empezamos a caminar en medio de la noche y la llovizna sin prisa y el tipo llevó el peso de la conversación. Nosotros, que hasta unos momentos antes discutíamos con fervor, ahora sólo le escuchábamos:

"—*Déjenme adivinar… bueno, no es adivinar porque lo sé positivamente, ustedes son artistas… los he visto en alguna parte y les conozco más de lo que imaginan. ¡Ah, sorpresa!* —rió suavemente como tratando de aligerar el momento y luego agregó: *Quizá se pregunten quién soy, me pueden llamar Antoine Pierrot.*"

—¿Te imaginas?… un tipo nos encuentra en la calle, nos auxilia y nos invita a un lugar desconocido. Debimos estar locos para dejarnos llevar…

Por momentos me dejaba la sensación de que Modí no esperaba respuesta alguna de mi parte. En verdad creo que era testigo de una plática postergada entre su angustia y la necesidad de comprender o al menos revisar acuciosamente los hechos. Sin notar mi falta de comentarios prosiguió:

—Cuando llegamos, el mozo que abrió el portón nos miró a todos y preguntó que deseábamos… ¿te das cuenta?, —dijo sonriendo sardónicamente— Entonces yo le digo: *somos invitados de Antoine Pierrot*. El tipo se queda sin decir palabra, luego asiente y nos invita a pasar. Entramos y nos conduce hasta el salón, ¿y sabes qué?… ¡estaba desierto!, ¡no había un alma allí! —una risa nerviosa remató cada una de las frases de Modi.

En ese preciso momento, este parecía poseído por el relato que me hacía. Echaba el cuerpo para delante como para dar más peso a las palabras, luego se tranquilizó y continuó con voz más calma.

—Elegimos una mesa y nos sentamos. Creo que mis amigos y yo esperábamos otra cosa, algo diferente pero… ¿sabes que pasó después?, —hizo una pausa para apurar la copa y yo hice lo mismo, emocionado por la intensidad del relato—: ni Moshe, ni Chaim ni yo nos dimos cuenta de donde diablos habían salido el pianista y el mozo que vino a ofrecernos las bebidas.

Modí hizo una pausa y volvió a recorrer con la mirada las paredes del salón como si buscara penetrarlas o si ellas encerraran de algún modo la explicación. Recién en ese momento, al seguir la mirada escrutadora de Modi, me detuve en el papel tapiz de las paredes, o al menos en lo que semejaba ser un recubrimiento entelado. En un primer momento las inscripciones parecían formar parte del paisaje que estaba pintado pero a poco de fijar la mirada reconocí de inmediato las letras griegas con las que Pitágoras definió amigo: ετεροζεγω, es decir: "el otro yo", desde allí mi vista fue atrapada por las figuras del piso que también en letras pero esta vez hebreas significaban números. Evidentemente la dueña del lugar debía pertenecer a la Kábala y apoyar la idea de la fuerza oculta de los números

Al mismo tiempo que yo Modí terminaba la recorrida visual del espacio, pero él lo hizo como tratando de ver más allá de las paredes. Su frente mostraba una fina hilera de perlas de sudor. Sin perder intensidad continuó

—Pierrot que se encontraba muy a gusto: ordenó vino, "vino rojo, del bueno" le dijo al mozo. Lo más curioso ocurrió después; antes de que trajeran las copas empezaron a llegar más y más personas hasta que en unos cuantos minutos el lugar se llenó completamente. Fue una sensación extraña el encontrar un lugar solitario y silencioso y que en pocos minutos no hubiera un lugar desocupado. Cuando llegaron las copas, Pierrot miró alrededor y dijo que ahora estábamos completos, después propuso un brindis: *Salud amigos, brindemos… ¡por el café del callejón sin salida!,* irresponsablemente alegres todos brindamos con él contagiados por el bullicio y la alegría del lugar.

A los pocos minutos Pierrot hacía una estupenda y fina crítica de nuestros trabajos que habían sido expuestos en alguna ocasión. El conocimiento y la claridad con que expresaba sus conceptos sobre la pintura eran simplemente exquisitos, parecía que en esa velada nos estaba dando una cátedra sobre todo lo que se relacionaba con nuestro interés… ¿te das cuenta? Nos impactó profundamente y fuimos tres maniquís con cerebro de plastilina en los que con su puño grabó un cúmulo de apreciaciones y consideraciones que jamás se nos hubieran ocurrido…

Desde el primer momento me dio la impresión de alguien de carácter muy fuerte. Era un tipo que no se andaba por las ramas, a mí me pareció que era extremadamente audaz y capaz de cualquier cosa, pero su compañía nos agradó.

La ironía y en ocasiones el sarcasmo que exhibía eran deliciosos. Me parece que los tres sentimos lo mismo; era como si los cuatro nos conociéramos de toda la vida.

Así seguimos conversando por horas hasta que decidimos marcharnos, entonces sugerí que lleváramos unas botellas y fuésemos a la hostería en que me hospedaba. Todos estuvimos de acuerdo y emprendimos camino sin dejar la conversación en torno a las corrientes y tendencias de moda. Cuando llegamos, Pierrot vio algunos de mis trabajos y aunque no se mostró especialmente entusiasmado, creo que le gustaron realmente.

¿Sabes?, de verdad mis amigos y yo estábamos impresionados por las palabras de Pierrot, era como si leyera el pensamiento y supiera además como sentíamos, a tal grado que a cada uno nos dijo qué, cómo y porqué debíamos cultivar tal o cual estilo. En el estado en que nos encontrábamos todos, fue extraño que aceptáramos sus críticas e incluso coincidiéramos en lo acertado de sus palabras.

En un momento dado, alguno de nosotros habló del futuro y al principio, todos abordamos el tema de manera divertida. Primero debatimos sobre las tendencias de la pintura. A esa altura, Pierrot había tomado el control de la situación y parecía encarnar el papel de abogado del diablo. Nos escuchaba pacientemente y luego desmenuzaba cada frase que habíamos dicho y la destrozaba para ubicarla en un contexto más claro.

Todo ello nos llevó a hablar de lo que nos esperaría y es claro que ninguno de los tres pudimos evitar el fantasear sobre el futuro, acerca de los deseos que abrigábamos y de los sueños que teníamos…

Recuerdo que Pierrot se molestó un poco con nuestra actitud, y nos dijo:

— *Los deseos de un hombre son las cosas que… nos da casi lo mismo conseguir o no, pero lograr hacer realidad un sueño es la diferencia entre grandes y pequeños.*

Entonces quizá Moïse se incomodó y le dijo a Pierrot:

—*Ya que sabes tanto de ello, ¿porque no nos dices cómo?*

—*¡Claro!, ¿porqué no? —respondió de inmediato.*

Luego con sonrisa burlona Pierrot se sirvió una copa y bebió un largo trago mientras quedamos expectantes.

CAPÍTULO VI

El italiano guardó silencio por un momento, luego respiró de tal modo que se le dilataron las aletas de la nariz y continuó con voz casi inaudible:

—Ese fue el principio de mi pesadilla... —se mesaba los cabellos repetidamente y luego comenzó a mostrar una especie de sordo resentimiento.

—¿Sabes lo que nos dijo?... lo recuerdo como si lo estuviese viendo:

—*"Los satisfacción de un deseo es efímera y lo que se paga por conseguirlo es una minucia, en cambio para hacer realidad un sueño, debe pagarse un precio mayor, a menudo... demasiado alto... y no cualquiera está dispuesto a pagarlo, esa es la avaricia de los mediocres..."*

—Sus palabras fueron un reto que nos lanzó... al menos yo lo sentí así... allí Pierròt se había puesto de pie pegando un puñetazo a la mesa...

—*¡Vamos artistas, ahora dense la oportunidad!, expresen su sueño y digan qué precio estarían dispuestos a pagar...*

Modi hizo una pausa en ese momento y entrecerrando los ojos dijo en tono reflexivo pero exaltado a la vez:

—Quizá fue el alcohol lo que nos hizo entusiasmarnos con su descabellada idea, pero casi te aseguro que los tres sentimos la misma emoción y estuvimos de acuerdo... ¿puedes creer en semejante disparate?

Yo lo miré y no supe qué contestar. Me debatía entre el estupor y la incredulidad. Lo que estaba diciendo el italiano es que aquella noche, en un mugroso cuarto de hotel, Antoine Pierrot había efectuado la subasta; una subasta íntima, absolutamente personal y macabra.

Traté de imaginar el entorno y la situación que vivieron esa noche pero sólo acerté a comentar:

—¡Vaya!, ¡de verdad fue cosa de locos!, ¿no?

—¡Claro! —me contestó acalorado—, ¡exactamente!, de locos. Recuerdo que estábamos alrededor de una mesa llena de pinceles y paletas, y claro, de las botellas que habíamos llevado. En esos momentos nadie decía nada, y los tres mirábamos a Pierrot, cuando este preguntó:

—*¿Quién será el primero?*

La pregunta hizo que abandonáramos por un momento la actitud absorta con la que veíamos a Antoine Pierrot qu, sin duda, se había convertido en el protagonista excluyente de la noche y nos miráramos con una mezcla de inquietud y reserva. Ninguno de los tres parecía demasiado animado a dar el primer paso hasta que Moïse carraspeó un poco y dijo:

—*Bien, digamos que me interesa obtener algo que no poseo, ¿verdad?*

—*¡Claro!... tu sueño es obtener algo que no posees y que deseas fervorosamente...* —dijo Pierrot con una sonrisa suave mientras miraba a Moïse de manera extraña.

—¿Pero cómo saber que mi sueño es algo que nunca podré obtener por mis propios medios?, quiero decir con el tiempo…

—Eso es algo que tú debes saber mejor que nadie, ¿no es así?

Moïse le sostuvo la mirada y dijo escuetamente:

—¡Deseo un millón de francos!

Pierrot ni siquiera parpadeó y tomando la copa propuso un brindis:

—¡Brindemos por el sueño de Moïse!

Modi apretando la copa y hundiendo la mano entre los cabellos dijo:

—En esos momentos, sin apenas darnos cuenta, ya estábamos todos inmersos en un entorno hipnótico, éramos presa de una febril pasión… ¡una malévola locura inflamaba nuestros sentidos! —luego pareció serenarse y continuó—, Pierrot con calma nos dijo a todos:

—¡Es una interesante cantidad! —luego recuerdo que se levantó de la silla y acercándose a Moïse le preguntó:

—¿Y… que estarías dispuesto a dar por un millón de francos?

Chaïm y yo mirábamos alternativamente a uno y otro, sin perder detalle del mínimo gesto de cada uno. La pregunta de Pierrot fue hecha de tal manera que se respiraba un ambiente pesado. Expectantes quedamos en espera de la respuesta de Moïse. Éste se revolvió incómodo pero sin dejar de ver fijamente a Pierrot contestó:

—¡Por esa cantidad… le daría el alma al diablo!

La carcajada de Pierrot, con un matiz burlón resonó en la habitación y nosotros sólo sonreímos pero dejamos de hacerlo cuando Pierrot dijo con voz más alta:

—¡Vamos Moïse, eso ya está definitivamente arreglado!, debes ofrecer algo nuevo…

A Moïse se le enrojeció el rostro y con actitud dura replicó:

—*Entonces, ofrezco mi mano derecha…*

La vehemencia que mostró mi amigo en su oferta contribuyó a crear más tensión en el ambiente…

La voz de Modi se entrecortaba por la intensidad con que procuraba revivir la historia. Fatigado y exhausto se reclinaba sobre la mesa y la mirada se hacía hueca, apresada en el círculo vicioso de unas ojeras profundas, hijas vaya a saber de cuantos desvelos. Un oleaje de dudas me asaltó en el respiro que me prodigaba la pausa obligada del relato: ¿quizá fuera Modi un sobreviviente y al igual que yo, la visita infructuosa de la muerte le había dejado esos recuerdos?, ¿sería acaso otro atribulado náufrago que recoge los restos de una nave en la que nunca viajó?

De pronto me vi parado frente a la ventana que daba al jardín, en las tardes de lucha por extraer de la memoria sucesos que debían estar allí y sin embargo habían huido sin dejar huella y dar tumbos entre otros que empecinadamente se mostraban como reales a pesar de mi certeza acerca de que no me pertenecían. Modi volvió a llenar la copa y se aprestó a continuar.

—¿Sabes?, visto a lo lejos, creo que Pierrot siempre supo qué íbamos a ofrecer cada uno, y sólo nos condujo hasta el balcón del abismo para que nosotros, hambrientos de vértigo, nos lanzáramos a él. Ahora lo veo tan claro…por eso cuando Moïse hizo la insensata oferta de pago Pierrot le miró fijamente como si le traspasara y preguntó:

—*¿Estás seguro de lo que dices?*

—Y el muy imbécil de Moïse le miró retadoramente y asintió. Pierrot rió nuevamente y preguntó:

—*¿Te parece bien… un plazo de cuatro años para que se cumpla tu deseo y pagues?*

—Moïse también rió ruidosamente, creo que en ese momento estaba seguro que todo era un juego…

El italiano levantó la manos con las palmas arriba para darle énfasis a sus palabras como pidiendo una explicación. Entonces yo le pregunté:

—¿Y tú porque crees que no lo era…?

Modi me miró como si hubiera preguntado una tontería e impaciente me contestó:

—¡Es que no ves que ese tipo era un demonio!, ¿o acaso eres de los que creen que los demonios vienen vestidos con trajes de ballet rojo cuernos y un tridente en la mano dejando una estela de azufre a su paso?

La pregunta había sido hecha con un dejo de enojo y ciertamente peyorativa. Estuve a punto de molestarme pero todo en ese hombre mostraba el desgaste sufrido por esa historia cuyos ribetes me mantenían atento sin medir el paso del tiempo.

A mí no me pareció que fuera un demonio, más bien parecía alguien muy interesante e ingenioso que había encontrado el público adecuado para un ejercicio de poderes mentales o algo por estilo. Como yo que en ese momento estuve a punto de dejarme llevar por las expresiones de Modí, correr el riesgo de despertar nuevamente su ira, que abandonara la mesa y que yo me perdiera una de las piezas más valiosa de mi personal colección de historias. Una de las pocas que presentía sin lógica alguna que iba a incorporarse a mi vida. Pero tampoco estaba dispuesto a dejar pasar tan livianamente la agresión de Modi, de modo que respondí, ya que a diferencia de otras veces, ahora él parecía querer escuchar mi opinión al respecto.

— Lamento desilusionarte. No creo en infiernos ni en paraísos, no creo en demonios ni en ángeles. No niego que existan ni afirmo su presencia, solamente que no me cierro a ninguna posibilidad.

—¡Vaya!, eres un escéptico o puede ser aún peor: puedes ser un racionalista. De cualquier modo en algún lugar debes tener sembrada la semilla de la duda o no estarías aquí. Y no digo aquí sólo por tu presencia en este café, lo digo también porque estas sentado conmigo y mientras me escuchas puedo ver como te debates entre creerme y compadecerme o simplemente formar parte de mi tortura. Lo único que no te es posible es permanecer indiferente y ¿sabes porqué?

—Tú dímelo —pedí secamente.

—Porque Antoine Pierrot dijo bien claro que a este café no se ingresaba sin haber sido invitado por alguien aceptado previamente. Y tú no sabes quién fue tu anfitrión, o quizá deba decir… ¡anfitriona!

Lo dijo e inmediatamente soltó la carcajada. Una risa franca y abierta que tuvo la virtud de bajar de inmediato mis defensas. También reí y entre carcajadas le dije:

—¡Ah, mi anfitriona!… no tendría ningún reparo en pasar el resto de mi vida evocando la belleza de esa mujer en cambio tú sólo recuerdas a un intrigante e inteligente hombre. Brindemos Modí, ¡por el encuentro contigo esta noche y por Claire! ¿estás de acuerdo?

Nuestras copas chocaron, y el cristal se ocupó de matizar el aguijón que las palabras de Modí me habían enterrado.

CAPÍTULO VII

—Pierrot rellenó las copas de todos y tomó asiento nuevamente —dijo Modí al retomar el relato— luego se volvió a Chaïm y a mí, mirándonos alternativamente. Quizá momentos antes, la risa de Pierrot y Moïse, había suavizado la tensión y Chaïm me adelantó y preguntó a Pierrot:

—¿Qué pasa si deseo ser presidente de una república Judía?

Todos reímos y Chaïm se molestó un poco, luego Pierrot preguntó:

—¿Porqué querrías ser presidente de una república?, tú eres un artista no un político, me parece que ese no es tu mayor sueño…

Chaïm se quedó pensativo un momento pero luego agregó:

—Yo creo que los judíos hemos sido atropellados y muchos nos han querido aplastar, también creo que eso seguirá sucediendo por siempre. Luego preguntó a Pierrot:

—¿Tú eres judío?

—Sí, podría decirse que sí. —contestó luego de un momento.

—¡Vamos, esa no es una respuesta, o eres o no eres…

—Bueno… ¿ustedes son judíos de verdad? ¡Claro que no!, son judíos de palabra… por herencia, no por devota convicción… ¿o sí?

Las palabras de Pierrot nos incomodaron pero lo que dijo a continuación, nos tranquilizó en parte:

—¡Vamos, soy exactamente igual que ustedes!, pero nos estamos saliendo del propósito… dime Chaïm, ¿para qué quieres ser presidente de una nación judía?…

—Por lo que te digo, los judíos estamos desperdigados por todo el planeta, no tenemos una tierra propia, si la tuviésemos seríamos poderosos y nos sabríamos defender…

—Bueno, convengamos en ello… ¿que estarías dispuesto a dar a cambio por hacer tu deseo realidad?

Chaïm pensó detenidamente y luego dijo que estaría dispuesto a estar quince años en la cárcel.

Pierrot sonrió y dijo que el precio era justo, sólo que el proceso demoraría en iniciar y ello no le alcanzaba. Chaïm quedó pensativo y después sólo dijo que su vida era una reverenda equivocación y declinó participar.

Pierrot le miró por unos instantes y asintió. Chaïm hizo un intento más y preguntó que era lo más barato en que podía participar. Pierrot rió nuevamente y le dijo que hacer nada, era lo que no implicaba costo alguno. Chaïm sonrió tristemente y levantando la voz dijo que no deseaba cambiar nada. Claro que en esos momentos no comprendimos el alcance de las posiciones, pero al parecer Pierrot lo sabía y le dijo que hacía bien, que en realidad no disponía de medios para hacer una buena oferta por un sueño de semejante envergadura.

—Yo creo que Pierrot sintió pena por mi amigo y se notó el esfuerzo en las siguientes palabras:

—Verán… hay sueños que trascienden nuestras fronteras, ¿y saben qué?, esos no son sueños realmente… esos son ideales… ideales que quedan en aire. Alguien o algunos o muchos, algún día los atraparán y los harán propios… ellos los transformarán en sus propios sueños y podrán hacerlos realidad… la diferencia entre un sueño y un ideal está en el tamaño del espacio que uno u otro transforman en el entorno. Los ideales generalmente incluyen a muchos y los sueños a unos cuantos, los sueños son terriblemente egoístas…

—En ese momento no nos dimos cuenta del valor de las palabras de Antoine Pierrot, pero a la distancia, veo que tenía razón, el tener sueños y el poseer ideales es muy diferente, ¿no lo crees así?

Lo pensé por un momento y me pareció que eran esas cosas que parecen obvias y que nadie repara en ellas hasta que alguien las menciona. Por un instante tuve la certidumbre que yo había sido así… me percaté de mi carencia de ideales y aun mi escasez de sueños, me di cuenta cabal que había ido por la vida arriba de ese carro que llaman destino, sin timón ni brújula… me avergonzó que ni siquiera mirara hacia arriba de cuando en cuando y allí estaba enfrente de un hombre atormentado por esos pensamientos… evité darle una respuesta a su pregunta, de cualquier modo no creí que esperase una contestación y en vez de eso le dije:

—¡Sólo faltabas tú…!

CAPÍTULO VIII

—El ambiente no había decaído en absoluto, —continuó Modí— la expectación se podía respirar… como dices, sólo faltaba yo, así que traté de serenarme y me levanté caminando varios pasos, tratando de aclarar mis ideas que se hacían elusivas. Cerré los ojos por un momento y entonces sentí claramente cómo me venía atormentando la idea de dejar a Jeane sin apoyo.

Percibí la intensidad de los demás y ello me urgía a responder.

Miré a Pierrot y él me sonrió esperando mi petición. Entonces lo decidí en menos de un instante y le dije:

—*¡Deseo poseer el talento para ser un gran pintor!*

Pierrot sonrió socarronamente y negó con la cabeza, luego me señaló con el dedo índice y gravemente me preguntó:

—*¿Qué es eso?, dime… ¿qué entiendes por talento?…*

No esperaba que me respondiera con una pregunta y me tratara como un imbécil. Ello me ofuscó… ¿sabes?, de repente sentí unas ganas inmensas de golpearle pero su reacción al ver la cólera en mi rostro me impresionó. Se levantó de su silla y se acercó a mí diciéndome:

—*¡Que necio eres!, es claro que no te das cuenta… ¡talento, talento es lo que tienes a manos llenas!… ya quisieran estos hombres tener la mitad del que tú tienes.*

—dijo bajando la voz y señalando a Chaïm y a Moïse, para luego arremeter de nuevo—: *¡El talento que posees lo derramas y desperdicias como un estúpido!...¿Sabes qué es lo que deseas?... ¡deseas tiempo que ya no tienes y deseas reconocimiento!... tienes una enorme sed de ser respetado, de ser apreciado y buscado... y encontrado también.*

Sus gritos me enardecieron a tal grado que le contesté de inmediato:

—*¡Entonces dame eso que dices que deseo tanto!...*

Antoine Pierrot me miró con el rostro congestionado de ira y profiriendo una serie de sandeces terminó sentenciando:

—*¡Entonces lo tendrás... todo el que ni imaginas!, sólo que apenas alcanzarás a ver cómo empieza... nunca podrás gozarlo.*

Por un momento sentí cómo sus palabras me cayeron como un rayo y ansioso le pregunté:

—*¿Qué pasará con Jeane?*

Pierrot me miró, se dirigió a la puerta y antes de salir me dijo:

—*No lo sé, ella no juega en esta subasta... quizá algún día ella jugará en otra...*

Modi pasó su mano por el sudoroso rostro y mirándome dijo:

—*¿Te das cuenta lo estúpido que fui?...*

Luego del intenso e íntimo relato, quedó cabizbajo mirando la copa vacía y finalmente agregó con pesar:

—*¿Sabes?, me temo que es muy tarde para cambiar cualquier cosa...*

No contesté a su comentario pero me daba perfecta cuenta que ese hombre era presa de una profunda obsesión. La parte humana me enganchó de tal forma que ni siquiera me había preguntado —contraviniendo la costumbre de ordenar mis pensamientos—, quién era ese hombre que me confiaba sus temores más íntimos.

El coñac había terminado así que llamé al mozo con un ademán y le pedí otra botella que nos alcanzó de inmediato. La abrí y serví una copa al italiano.

Me pareció que se había calmado y con un pequeño brillo en sus ojos me mencionó que había expuesto en Londres y en el salón *d'Automne* de la ciudad.

Su entusiasmo alivió la tensión y entonces le pregunté:

—He oído que te llaman Modi, pero... ¿Cuál es tu nombre?

El italiano negó con la cabeza y sonriendo como si fuese un triunfo me dijo:

—¡Ah, no sabes quién soy!, ¿eso es bueno para mí?, ¡eso quiere decir que aun no soy famoso!

Hizo caso omiso de mi pregunta y no insistí, así continuamos conversando de cosas inconexas con algunos silencios de por medio hasta que uno de sus amigos se acercó a nosotros y le dijo:

—Vamos Modi, debemos irnos.

El volvió la cabeza y asintió dejándose ayudar para incorporarse. Me miró fijamente por un instante al extender su mano para despedirse y agregó:

—Si llegas a ver a alguien que se parece a ti, pregunta su nombre y si es Antoine Pierrot, dile que he regresado y que deseo verlo... ¿harías eso por mí?

Me incorporé aun estrechando su mano y asentí con la cabeza. El otro hombre no dijo ni media palabra y jaló suavemente a Modi para que soltara mi mano.

CAPÍTULO IX

Pensé retirarme del lugar pero quedé sumergido en una maraña de pensamientos. Mientras seguía bebiendo unas copas más, hube de reconocer que ese pintor elegante había llegado a impresionarme con su relato, su personalidad era fuerte y extraña, exhibía además un intenso y a la vez despojado instinto de vivir el presente. A mi parecer, lo hacía de una manera terriblemente vertiginosa.

Era claro que estaba invadido por un irracional temor por algo que seguramente fue un juego y que se fue deformando en su mente, hasta convertirse en parte de la vida.

Recordé que en ningún momento mencionó lo que sucedía con sus amigos, pero por sus comentarios; éstos no habían tomado en serio el incidente como él lo había hecho. Era muy probable que a juzgar por el relato, éstos no estaban tan comprometidos como el italiano.

Sin embargo, por otra parte, cabía preguntarse si todo había sido real, ¿donde te encuentras con un personaje desconocido que sabe tanto de ti? ¿que desnuda tu alma y que conoce tus fortalezas y debilidades mejor aun que tú mismo?

Lo cierto es que no lo entendía y no lograba eslabonar mis pensamientos en una secuencia lógica que me mostrara la situación de manera coherente.

Me dediqué a observar a los que quedaban en el sitio mientras seguía bebiendo. Eran los mismos clientes, excepto el grupo del italiano que recién había salido. Me dio la impresión que para los asistentes, incluido yo, no transcurría el tiempo.

Para esa altura, ya sentía fuertemente el efecto del alcohol, consulté mi reloj y leí; las 4:07 a.m., entonces llamé al mozo y pedí el importe. Me dijo que éste estaba cubierto por un tal Max, compañero del italiano. Alcé los hombros, dejé una propina en la mesa y me dirigí a la salida. Ya no había nadie en el vestíbulo, entonces abrí para salir al pequeño jardín y luego a la calle.

La madrugada era exactamente como me gustan, brumosa y fría. Levanté el cuello de mi chaqueta, me puse los guantes, prendí el tabaco que quedaba en mi pipa y empecé a caminar.

Disfruté por un rato del silencio de la noche pero no pasó mucho tiempo hasta que un calesín me alcanzara y se detuviera a mi lado.

—¿Desea un servicio Monsieur?… —me preguntó el cochero y me sorprendió que fuese el mismo que me había llevado hasta el café y no dudé en preguntar:

—Usted fue quien me trajo… ¿cómo es que andaba por este lugar?

Sin volverse me contestó:

—No lo sé Monsieur, en realidad iba a retirarme a descansar pero una dama me requirió para llevarla a la calle contigua a donde lo dejé a usted y así fue como lo encontré…

—¿Una dama sola? —pregunté curioso.

—Oui Monsieur.

—Cochero, ¿podría decirme si era una dama elegante y pelirroja?

—Exactamente así era Monsieur.

El corazón me dio un vuelco. ¿Sería Madame Fallet que iba al café?

Entonces sin dudarlo le dije al cochero:

—¿Podría hacerme un favor?, es muy importante para mí, debemos regresar y echar un vistazo al café que recién dejé… le recompensaré bien. —le urgí de la manera más convincente que pude.

El cochero pareció no inmutarse por mi petición y maniobró para regresar. Los minutos me parecieron eternos hasta que llegamos al mismo lugar donde me dejó en la medianoche.

—No tardaré. —le dije mientras bajaba rápidamente.

Caminé presuroso hasta el café y avancé los pocos pasos que me separaban del portón. Resuelto tomé la aldaba y toqué un poco más fuerte de lo normal. No hubo respuesta. Insistí dos veces más, luego empujé firmemente, esperando que pudiese estar sin cerrojo pero no cedió. Seguramente estaba cerrado por dentro.

Golpeé fuertemente el portón pero no hubo respuesta, entonces me decidí a caminar hacia uno de los extremos pero una alta tapia me impedía ver hacia atrás del lugar, volví sobre mis pasos y traté por el otro lado. Allí había un estrecho pasillo a lo largo de la construcción, la oscuridad del lugar me hacía avanzar con lentitud hasta que alcancé a llegar al frente de una ventana, pero por una parte las persianas de madera y por otra las cortinas del interior me impedían ver hacia dentro. Por la disposición del lugar, estaba seguro de estar frente a una de las ventanas del salón sin embargo no se observaba que hubiese luz ni provenía ruido alguno del lugar.

Lentamente me retiré de allí, extrañado y contrariado por la situación. Salí a la calle y quedé parado en medio de ella. ¡El cochero ya no estaba allí!. Caminé hasta el final de la calle pero no había rastros de él. Eché a andar con la cabeza llena de extrañas ideas. Una voz me sacó de mis cavilaciones y me hizo estremecer:

—¿Desea un servicio monsieur?…

¡Aquello era de locos! Quedé paralizado frente al cochero que me observaba desde su asiento, éste me miró con extrañeza y preguntó:

—¿Se siente usted bien Monsieur?

—Sí, claro. —balbuceé al darme cuenta que el cochero era diferente al de momentos antes. Subí penosamente por el andén y me acomodé como pude. Extraje mi pañuelo para limpiar el sudor frío que me había brotado por la impresión.

—¿Adonde desea que lo lleve, Monsieur? — me preguntó solícito.

Le di mi dirección y recostándome en el respaldo cerré los ojos, tratando de ordenar mis ideas.

Al día siguiente bien entrada la mañana desperté sobresaltado. Estaba completamente vestido con la ropa de la noche anterior, me senté en el borde de la cama y llevé mis manos a la cabeza por el intenso dolor que sentía, permanecí así por largo rato.

Lo primero que pude pensar con cierta coherencia era que por más esfuerzos que hacía, no lograba recordar cómo había llegado a mi habitación. Luego el recuerdo del regreso al salón me asaltaba y todo ello se mezclaba con el sueño que no lograba recordar. Haciendo un gran esfuerzo me incorporé para lavarme la cara con agua fría. Traté de no pensar y me ocupé de preparar un café bien cargado.

Me senté frente a la ventana como era mi costumbre, para ver los detalles cotidianos del barrio, pero pronto desistí y me vino una idea a la cabeza: debía escribir a Madame Fallet y contarle lo ocurrido. Me senté a la mesa y releí la nota que había recibido el día anterior, la lectura me producía una serie de extrañas sensaciones. Tomé papel y pluma y traté de escribir la nota, sin embargo no acertaba a empezar. Luego de largo rato que permanecí sin escribir una línea, me levanté y decidí tomar una ducha para salir a buscar el almuerzo.

Sin saber a donde dirigirme, mis pasos me llevaron al hotel Biron. Me sorprendí a mi mismo cuando estuve frente a la entrada. Vacilé por un instante pero finalmente entré al vestíbulo. En realidad no tenía una finalidad y traté de pasar desapercibido observando los detalles del exquisito desorden que reinaba allí.

Por momentos me sentí fuera de lugar pero haciendo caso omiso de esa sensación me enfrasqué en la observación de las obras que poblaban el vestíbulo del hotel.

Allí había una gran diversidad de estatuas que a mi juicio eran verdaderas joyas. Quizá el lugar era un espacio de obras recuperadas de los infames saqueos derivados de la guerra.

Así recorrí por largo rato los salones y en un momento dado sentí que resbalaba. Era un papel que se encontraba en el suelo, me incliné para recogerlo e instintivamente lo leí. Era un programa de una obra de teatro: Se presentaba Cécile Sorel en la Comedie Francaise en el papel principal de "Las Preciosas Ridículas de Moliere".

Sonreí pensando que era afortunado, en varias ocasiones oí acerca de esa obra y sacudiendo el papel lo guardé en mi bolsillo, en ese momento me pareció que era una excelente oportunidad de asistir al teatro y después de un rato salí del hotel con un sentimiento de tranquilidad.

Camino a casa paré en un restaurante y pedí unos bocadillos ligeros, al terminar volví a sentir una sensación de pesadez y me dirigí a casa. Allí me tendí en el sofá de la sala para descansar y distraídamente saqué el programa para releerlo. Faltaban casi tres horas para la función, por lo que me relajé y dormí una siesta.

Me desperté estupendamente y después de una ducha me vestí para dirigirme al teatro.

Llegué con suficiente anticipación y ello me valió alcanzar un buen lugar.

La obra principió en punto. Los actores eran muy buenos y pronto me encontré inmerso en el desarrollo. En el intermedio del único acto abandoné mi lugar por un momento para fumar un poco en el vestíbulo y súbitamente vino a mí el recuerdo de mi niñez en el orfanato. Traté de alejar esas imágenes tan lejanas, pero que, insistentes, recurrían a mi mente una y otra vez. Tomé mi lugar justo antes del inicio de la escena y me sentí incómodo por no poder concentrarme convenientemente.

Una frase que se pronunció casi al inicio de la obra desencadenó una serie de recuerdos, de los que no tenía idea que pudiesen existir en mi mente. Así, sin desearlo, recreé un momento de mi infancia temprana y claramente me vi sentado en uno de los sillones grises de la dirección del orfanato. En ese tiempo debía yo tener un poco más de tres años y recordé claramente que la directora decía a la madre Josefina:

"He recibido malas noticias: la madre de Julio… falleció la semana pasada en un teatro de París"

La clara revelación que me proporcionó el recuerdo, me dejó anonadado en la butaca. Repentinamente quedé como en *shock*, veía sin mirar a los actores en escena pero no lograba escuchar lo que decían. Luego, cuando pareció que la obra terminaba, veía como el telón caía y los asistentes que me rodeaban de pie aplaudían sin que yo pudiese escuchar un solo sonido.

Poco a poco me percaté que la gente salía del salón y como autómata me levanté para seguirlos a la salida. En la calle, el frío de la noche azotó mi rostro y me sacó del marasmo. Cuando menos pensé, me encontraba sólo a un costado del teatro, luego parecí volver en mí y, —al menos así lo creo— me coloqué la bufanda y los guantes. Sin saber qué dirección tomar crucé la calle y sin elegir rumbo ni destino empecé a caminar con el recuerdo martillando mi cerebro. Trataba de obtener más detalles de mi memoria pero no había nada hacia atrás y nada hacia delante de las palabras de la directora.

Caminé y traté de serenarme, entonces decidí dirigirme a las orillas del Sena. El frío era intenso pero no me importó, recuerdo que llegué a un oscuro paraje en el que pude divisar unas rocas. Me senté en una de ellas y en poco tiempo sentí la tranquilidad que precisaba.

El recuerdo me sumergía en el pasado. Pareció que la película iba hacia atrás, empezando en el instante en que salí del orfanato con el empleo de ayudante de jardinero del señor Andolini. Antes de mi salida, recuerdo que los compañeros me veían con cierta admiración por estar cerca de salir de allí, y era claro que yo no podía ocultar el entusiasmo que ello me producía. Indudablemente fui uno de los pocos que lograron terminar la estadía. Muchos de ellos habían escapado antes de tiempo, algunos volvían y los más nunca regresaron. En lo particular, algo siempre me dijo que debía seguir las reglas. Quizá mi indiferencia a las cosas que me rodeaban, obró en mi favor y simplemente me dejaba llevar. No era un chico audaz ni nada que se pareciera, al contrario, era sumiso y tranquilo, nada me sacaba de esa actitud, excepto la violencia. Odiaba la violencia y aún hoy siento que es así.

Mi estado normal era la contemplación de los sucesos y la íntima, muy íntima reprobación o aprobación de los hechos. Era lo que pudiera decirse, un mudo testigo de los acontecimientos cotidianos.

Mucho antes de eso, recuerdo que la madre Josefina me enseñaba a leer y escribir, alguna dificultad debí tener para ello porque por las tardes me llevaba al jardín y allí pacientemente me hacía hacer los deberes escolares una y otra vez hasta que sonreía y decía: —es todo por hoy, ahora ve a jugar—. Sin embargo yo la seguía y me sentaba a observar como se encargaba de sus ocupaciones, de cuando en cuando se volvía a mí y me pedía que le ayudara en alguna pequeña tarea.

Traté de recordar las facciones de la directora pero no lograba aclarar la imagen de su rostro. Entonces rememoré su voz, claro su voz era singularmente grave. En ese momento recordé nuevamente el pasaje, era una tarde calurosa, la directora llamó a la madre Josefina y ambas se fueron a la pequeña oficina, las vi alejarse y como era mi costumbre, dejé de jugar y las seguí hasta el interior. Permanecí fuera de la oficina y a través de la puerta abierta escuché la voz grave que decía: *tengo malas noticias...*

Hablaron por largo rato pero no viene a mi memoria otra cosa que ese fragmento y al salir la madre me vio de pie afuera de la oficina. Entonces se sorprendió porque se arrodilló a mi lado para estrecharme, después me levantó en brazos y salimos al jardín. Yo estaba feliz porque nunca alguien me había llevado en brazos, al menos esa es la única vez que yo recuerde.

Ya era de madrugada y sentí la humedad calarme hasta los huesos, me incorporé y caminé lentamente a casa. La revelación del recuerdo había caído como una pesada carga a mi maltrecho espíritu. Entonces al ingresar al orfanato no era huérfano aun, al menos de madre, que por alguna razón me dejó allí. En ese momento deseé saber intensamente porqué me había abandonado. Luego lo pensé mejor y quizá no haya sido abandono sino que me dejó temporalmente por una razón poderosa. Aunque no había conocido a mi madre, ahora sabía que ella había muerto cuando yo apenas tenía poco más de tres años. La muerte la sorprendió muy lejos de mí. Era claro que mi padre no estaba con ella y era claro también que al morir mi madre, seguí permaneciendo en el orfanato sin que nadie jamás me haya dicho lo sucedido.

Las ansias de saber me asaltaban cada vez más y me parecía que finalmente había encontrado la verdadera razón de mi estancia en París.

CAPÍTULO X

Esa madrugada llegué a mi departamento como autómata y al siguiente día me desperté como la mañana anterior; completamente vestido y con el mismo dolor de cabeza. Mi pensamiento regresó insistentemente a lo acontecido el día anterior pero febrilmente me dediqué a asear y ordenar un poco el lugar, entendía que necesitaba mantenerme en movimiento y evitar caer en la oscuridad de las dudas.

Salí casi al mediodía y me dirigí al restaurante para el almuerzo y ya afuera, en las calles, me sentí con renovada fuerza.

Analizando serenamente lo ocurrido el día anterior, tuve la certeza de que había perdido todo rastro de mi madre. Muchos años atrás, cuando yo tenía ocho o nueve años, ocurrió la repentina muerte de la madre Josefina, hecho que me causó un profundo dolor y uno o dos años antes de abandonar el orfanato, la directora sufrió una apoplejía que la retiró de su cargo. Luego ese lugar fue cubierto por un consejo civil y muy posteriormente ocurrió la desaparición del orfanato por una gran epidemia de fiebre amarilla.

La realidad cruda señalaba que era remoto encontrar quién me pudiera dar informes del pasado.

Sin pensarlo había llegado nuevamente a las puertas del teatro donde había estado la noche anterior. No me explicaba que podía ir a hacer allí pero me detuve a observar todos los detalles del exterior, la gran entrada, las marquesinas y el ir y venir de los trabajadores que preparaban la función de la noche. Sin pensar, me introduje al interior y observé el escenario que la noche antes había visto. Así también, identifiqué la butaca que había ocupado.

Estuve largo rato en el lugar hasta que se me ocurrió una idea y pregunté donde estaban las oficinas. Me dirigí hacia donde me indicaron y al entrar una mujer joven me recibió con una sonrisa, diciéndome que la venta de boletos empezaría en una hora. Me identifiqué y le dije que mi presencia allí obedecía a una pregunta que deseaba hacerle. Sin dejar de sonreír asintió y me miro interrogante:

—Verá, sólo deseo saber si es posible que me proporcione el dato referente a la antigüedad de este teatro…

Me contestó de inmediato diciendo que no tenía la fecha exacta pero había sido doce años atrás. Con la decepción interior le dije que esa información era suficiente para mí. Agradecí su ayuda y salí nuevamente a la calle.

Traté de no pensar en la situación y me dirigí a casa. Me refugié en el recuerdo de mi encuentro con el extraño pintor italiano y decidí escribir una nota a Madame Fallet.

Al llegar a casa me preparé un café y prendí el fogón para estar lo más cómodo posible. Me senté ante el pequeño escritorio de la sala, tomé papel y escribí:

"Querida Madame Fallet:

El día de anteayer asistí a un lugar en el que algo me sugirió que usted gusta asistir. Aunque mi ferviente deseo de verla no me fue concedido, me encantó el sitio y, ciertamente mi estancia en el Café del callejón sin salida me deparó un encuentro extraño. Fue tal como me lo describieron; los personajes que asisten allí son singulares. Debido a una equivocación involuntaria, tuve la oportunidad de conocer a un apasionado pintor italiano al que llamaron Modí. Mi conversación con él fue muy intensa y debo decir que ocurrieron algunas cosas que me encantaría contarle personalmente.

Suyo,
Julio C."

La escritura de la nota me serenó y recreé el baile con Claire, me emocionó el recuerdo de su rostro altivo y la pureza de mirada.

Pasé un buen rato evocando su fuerte presencia y después decidí salir para llevar la nota al hotel Biron. Era muy consciente que me encontraba en una lucha permanente por no dejar que me invadiera el recuerdo de mi infancia y el hecho que me dolía en el alma el haber descubierto ese pasaje de mi vida que no conocía. Todo mi propósito era distraer mi atención para no caer en el dolor que recién había sufrido. Con ello en mente, entregué la nota en la administración del hotel y me regocijó que no hubiese ninguna objeción. Por las dudas, pregunté si Madame Fallet estaba en la lista de huéspedes pero me confirmaron la negativa que esperaba.

Ya no regresé a casa y me dispuse a esperar que cayera la noche para ir nuevamente al Café del callejón sin salida. Sentía la necesidad urgente de sacudir o alejar el conflicto que recién me poseía. Para auxiliarme en mi intento me dirigí a la calle en la que estaba la mansión donde conocí a Claire.

Llegué allí justo cuando terminó de caer la noche y me percaté que la verja de hierro tenía un candado y la mansión estaba totalmente a oscuras. Aun así, pude ver la magnífica estátua de la diosa de la danza. Pronto me alejé de allí y seguí caminado sin otro propósito que dejar pasar el tiempo para ir al Café. Traté de distraerme observando el barrio mientras fumaba mi pipa. Normalmente no acostumbraba fumar en la calle pero dada la situación, no me importó quebrantar esa costumbre.

Me desvié de la calle de la mansión y al poco me encontré con otro tipo de viviendas, la soledad y oscuridad me hicieron dudar de seguir, por lo que decidí salir de ese barrio por una calle aledaña de nombre Rue de Saint Antoine El maullido de un gato me hizo volver la vista a una pequeña y oscura casa, el discreto anuncio que tenía al lado de la puerta llamó mi atención:

"Tarot de Madame Gigot"

—¡Vaya!, sólo esto me faltaba —pensé para mis adentros. Sentí el acucio de la curiosidad. ¿Sería la mujer de los ojos negros la tal Madame Gigot o era una asidua que sólo conservaba su tarjeta?

Me detuve frente a la puerta y quedé pensando si debía entrar o no, por un momento sentí la imperiosa necesidad de llamar a la puerta pero supongo que la cordura me hizo desistir.

Me alejé del lugar y decidí que era tiempo de buscar un calesín para ir al Café del callejón sin salida.

Me dirigí a uno de los restaurantes de moda y sin problema conseguí el transporte fuera de allí. En esta ocasión el cochero escuchó mi solicitud y sólo volteó a verme con más detenimiento.

Aun no eran las once de la noche pero mi impaciencia era mucha. En el camino pensé en la posibilidad de encontrarme nuevamente con el italiano, quizá ello fuese bueno, y con suerte podría orientarme para hallar quién podría ayudarme a investigar.

El viaje fue rápido y casi al llegar el cochero tuvo un poco de problemas con el caballo que se inquietó repentinamente, de manera que antes de llegar me dijo algo similar al anterior; que el lugar estaba un poco más adelante. Aboné los honorarios y bajé para encaminarme al Café.

Como la otra vez, la entrada estaba totalmente a oscuras y no se escuchaba ni un solo sonido en el interior.

Estiré la cadena para tocar la campanilla y en breve un mozo joven que ya había visto antes abrió la puerta. Me miró atentamente y de inmediato se hizo a un lado para permitirme el paso:

—¡Buenas noches monsieur! —me dijo cordialmente.

Le seguí en silencio por el oscuro vestíbulo y abrió la pesada puerta del salón. Ya estaba dentro del Café del

Callejón sin salida. Me detuve un instante para dar una mirada general y noté que había menos gente que la vez pasada, además advertí que la mesa en que estuvimos el italiano y yo estaba desocupada y me dirigí a ella. Miré al barman y era la misma persona que me había atendido. Al verme me saludó con un leve movimiento de cabeza.

Otro mozo llegó para tomar mi orden.

—Vino rojo por favor. —le dije al instante e inmediatamente agregué con una sonrisa—: Pregunte al barman que si puedo tener del vino especial…

El joven mozo asintió y se dirigió directamente al barman, éste sonrió al escuchar la petición y al voltear para mirarme, asintió expresivamente con la cabeza. Por mi parte correspondí con un ademán.

El estar en ese ambiente, aunque había estado allí sólo una vez, me dio una sensación de acogimiento y tranquilidad y me dispuse a observar a los grupos que había allí. En una mesa cercana había tres hombres y dos mujeres, todos ellos muy bien vestidos y al parecer conversaban tranquilamente, quizá las mujeres fueran parientes, por el parecido que tenían. Un grupo de cinco hombres estaba un poco más alejado, casi a un lado del piano, en la mesa donde la vez anterior estaban los militares. Los observaba uno a uno, cuando de pronto reconocí a uno de ellos. Me pareció que era el sujeto que abonó la cuenta del italiano. Le observé tan fijamente que volvió la cabeza y me miró reconociéndome. Sin mucho disimulo se inclinó un poco a su derecha y dijo algo al oído de su compañero. Éste lo escucho atentamente y levantó la vista para mirarme. La expresión de su rostro delató la sorpresa que le produjo el verme. Y sin pensarlo un instante se levantó de la silla, tomó su copa y se dirigió a mí. Era un hombre robusto y bajo, de aspecto un poco descuidado y su facciones eran más bien regordetas. Yo casi podía jurar que era judío.

—¡Bona notte Monsieur Pierrot! —me dijo respetuosamente con una sonrisa en el rostro.

Yo me incorporé para estrechar la mano que me tendía y sonriendo le dije:

—Lo siento, pero yo no soy Antoine Pierrot…

Mi respuesta hizo que viera la sorpresa en su rostro por segunda vez. Le invité a sentarse y con una ligera vacilación, ocupó la silla vacía.

—¿Sabe?, hace pocos días estuve aquí y fui confundido con un tal Antoine Pierrot por un pintor italiano…

—¡Claro, ese fue Modí! —me respondió ampliando la sonrisa y llevando una mano a sus cabellos, luego agregó al tiempo que hacía el ademán de levantarse—: Le ruego que me disculpe si he sido inoportuno…

—¡No, por favor, nada de eso!, al contrario, ¿tiene inconveniente en aceptar una copa mientras charlamos un poco?, verá; tengo curiosidad en saber porque ambos, ¿usted señor…?—Puede llamarme Chaïm…

—¡Ah, Chaïm!, —le interrumpí de manera festiva— El italiano te mencionó muchas veces…

El hombre sonrió de buena gana, por mi evidente entusiasmo que estaba un poco fuera de lugar, y no es que estuviese ebrio sino demasiado ansioso, porque en realidad apenas había tomado un sorbo del excelente vino del café.

—¡Vaya!, ¿qué le dijo Modí?

—Me contó todo lo relacionado con ese Pierrot… —le dije al tiempo que me preguntaba si no iba muy lejos en mi conversación con un tipo recién conocido.

Chaïm me miró con inocencia, era un tipo muy joven y despojado de malicia en este tipo de lance.

—Bueno, Modí y yo somos buenos camaradas, y… ciertamente tuvimos un episodio extraño con un sujeto raro…

Yo le observaba fijamente, con el deseo que se explayara de manera espontánea y me diera su versión sin que tuviera que solicitarlo. Para animarlo le dije:

—¡Sí, Modí me dijo que yo era muy parecido a Pierrot!

—Bueno, evidentemente caí en el mismo error, su parecido con el tipo es notable…

—Dígame Chaïm, ¿es cómo lo dijo Modí?, él está muy preocupado por la subasta que allí tuvo lugar…

—¡Ah¡, ¿entonces lo sabe? —hizo una pausa como para ordenar sus pensamientos y luego dijo—: ha sido tremendo para Modí, tiene una gran obsesión por lo que está sucediendo…

La muda interrogación en mi rostro, le animó a continuar:

—Modí ha estado adquiriendo más fama cada vez y… por otra parte, su salud empeora cada día. Pierrot le dijo que llegaría a ser muy famoso pero no lograría verlo…

Quedamos en silencio por un momento y luego le pregunté suavemente:

—Dígame Chaïm, ¿usted cree en eso?

Dudó antes de responder pero luego muy serio afirmó:

—Sabe usted señor… —Julio le respondí y asintió para continuar—, sucedió algo extraño cuando Antoine Pierrot salió del cuarto en que estábamos…

—¿Qué fue lo extraño? —le urgí

Guardó silencio un instante y volviendo la vista a la ventana que se encontraba oculta por las gruesas cortinas dijo:

—Casi inmediatamente que Pierrot salió, yo me aproximé a la ventana para verlo alejarse, ya que necesariamente tenía que pasar frente a ella. Al notar que eso no sucedía, me acerqué a la ventana y no había nadie afuera. No puedo explicar lo que sentí, fue una sensación de que algo se incorporaba a mi ser. Aunque no lo dije a Modí ni a Moshe, estoy seguro que ese tipo se esfumó al cerrar la puerta… luego todos quedamos como agotados por la conversación. Estuvimos en silencio mucho tiempo hasta que Moshe y yo nos despedimos de Modí.

Nosotros hicimos el camino de regreso en silencio, sólo en una ocasión Moshe pronunció palabra y dijo que era lo más extraño que le había pasado en toda su vida.

Yo observaba el rostro serio del joven pintor judío y éste miraba aun la ventana. Luego regresó la vista al vaso de licor y tomó un largo trago.

—Pero, todo podía tener alguna explicación, ¿no es así? —acerté a comentar.

Moviendo la cabeza negativamente respondió:

—No, no es así. —luego de una pausa me miró y me dijo—: Dos noches después Moshe y yo regresamos a este lugar y preguntamos al barman y a los mozos si alguien conocía a Antoine Pierrot... Nos dijeron que no lo conocían. Les comentamos que dos noches antes habíamos estado aquí y nos aseguraron recordar que en la mesa sólo habíamos estado Modí, Moshe y yo...

CAPÍTULO XI

Esa noche seguí conversando con Chaïm por un buen rato, me platicó de su intervención en la subasta y me contó más acerca de sus amigos. Luego nos despedimos y regresé a casa. Al llegar estuve pensando en lo sucedido y me convencí aun más de las palabras de Claire.

Al día siguiente desperté muy tarde. Antes de levantarme recordé vagamente el sueño que había tenido:

Estábamos en el Café del callejón sin salida; Modí, Madame Fallet y yo. No lograba recordar lo que hablábamos pero estábamos de muy buen humor. Curiosamente Modí me llamaba Antoine y yo no corregía su equivocación… además, era tan extraña mi manera de conducirme, guardaba una actitud protagónica, hablaba mucho y con gran apasionamiento. Así, Cada vez que yo decía alguna cosa, Claire me miraba con un gesto de complicidad y luego reía festivamente.

Sin lograr recordar más, me levanté y decidí salir a buscar un buen almuerzo.

Después de salir del restaurante empecé a caminar sin rumbo fijo. Sin querer me topé con un lugar en el que se exponían pinturas, sin embargo, quizá por ser domingo el establecimiento estaba cerrado. Me propuse volver otro día e incursionar un poco en ese tema. Pensé que debía distraerme un poco más, los últimos días habían sido muy intensos y me sentía agotado. Compré un diario y me dirigí a un parque cercano al Sena. Me senté cómodamente en una banca para leer las noticias. Obviamente, los encabezados estaban referidos a la conferencia de paz. En ese momento, me pareció tan lejano mi arribo a París, tenía la sensación de que ya llevaba mucho tiempo en la ciudad. Luego dejé el diario y me ocupé de observar el paisaje, los transeúntes y todo lo que me rodeaba. Poco después recordé que dos noches antes había estado en la orilla del río. Vacilé en decidir si regresaba a casa o buscaba el lugar. Decidí lo segundo y poco a poco me fui metiendo en los recuerdos del pasado cercano, ello me llevó a preguntarme nuevamente que era lo que me había hecho ir a París. Algo me decía que aun no encontraba el verdadero motivo.

Al llegar al lugar donde había estado, me senté en el mismo sitio. Allí había recordado partes de mi niñez y adolescencia. Con calma repasé mentalmente las escenas y continué hacia delante. Ahora me daba perfecta cuenta de lo vacío de mi existencia, de esa existencia que estuvo a punto de terminar con el choque del tren en que viajaba. En el hospital me dijeron que había sido un milagro que saliera del coma. Al principio, al recuperar el conocimiento, hubo momentos que había deseado morir, el sufrimiento fue terrible en esos meses y la soledad magnificaba el dolor, era como estar abandonado y agónico en la oscuridad total. Los visitantes de otros pacientes fueron muy gentiles, aunque algunos sufrieron la pérdida de los suyos. Me parece que allí aprendí a valorar el lado humano del hombre. Había sido extraño que conscientemente nunca me preguntara el porqué de mi soledad. ¿Qué había sucedido para que mi madre me dejara?. Allí, a la orilla del río me repetía continuamente que a ella no le fue posible regresar por mí. La parte dura de mi carácter salía y guardaba temporalmente los recuerdos como protegiendo mis sentimientos.

Sin darme cuenta ya empezaba el atardecer. Regresaba sobre mis pasos cuando de pronto recordé el anuncio del tarot. Lo pensé por un momento y decidí ir al lugar, después de todo, yo tenía en mi poder una tarjeta que la anunciaba. ¿qué podía pasar? Además sabría si Madame Gigot era la mujer de los ojos negros o no…

El lugar estaba un poco alejado, entonces tomé un calesín y le di al cochero la dirección de la mansión, de allí caminaría.

Pronto llegamos al lugar y el candado estaba igual que la vez anterior. El cochero se dio cuenta de ello y me preguntó si deseaba ir a otro sitio. Negué con la cabeza descendiendo y pagué el servicio.

Quedé sólo frente a la verja de hierro, me acerqué para mirar la estatua. Aun había luz suficiente y pude ver los jardines que tenía a los lados de la calzada. Me sorprendió un poco que éstos estuvieran muy bien arreglados, se notaba que eran cuidados con esmero. Quizá los dueños de la mansión estaban ausentes y la servidumbre se encargaba de ellos. Noté que había otra estatua en uno de los jardines, casi no se veía por estar semioculta entre un conjunto de setos y supuse que era otra diosa griega. Todo estaba perfecto pero faltaba algo… ¡claro!, era extraña la total ausencia de flores.

Permanecí allí pensando en Madame Fallet hasta que oscureció totalmente y entonces me dirigí al barrio donde había visto la casa del tarot.

No tuve dificultad para encontrarla pero la casa estaba totalmente a oscuras. Decidí caminar los pocos pasos que separaban la vivienda de la acera, en ese espacio había una profusión de plantas y arbustos raros. Toqué la campanilla y esperé unos momentos, cuando de pronto me sobresaltó una voz grave pero femenina a mi espalda.

—¿Quién me busca un domingo en la noche?

Me volví hacia el lugar de donde provenía la voz y apenas pude distinguir entre las plantas una silueta de mujer sentada en una mecedora.

—Buenas noches Madame… yo, me preguntaba si era posible hacerle una consulta…

Le dije reponiéndome al instante de la sorpresa.

Tardó en responder mientras me miraba fijamente. Me percaté del claro brillo de sus ojos en la oscuridad. Sin levantarse me dijo:

—Lo que irradia usted justifica su petición. —luego se incorporó lentamente y abrió la puerta que estaba sin cerrojo. Pasó delante de mí y pude aspirar un aroma raro pero agradable. La habitación estaba totalmente oscura por lo que esperé unos momentos mientras encendía alguna luz. Escuché el raspar de un fósforo y luego de un momento, un quinqué iluminó la habitación.

—Pase. —me dijo sin más preámbulo.

¡No era la mujer de los ojos negros!. Ésta era una mujer delgada de facciones armónicamente angulosas, aun conservaba parte de lo bella que debió haber sido cuando joven. Madam Gigot se sentó frente a una fina y antigua mesa cuadrada y con un ademán me indicó la silla del lado opuesto. Tomé asiento mientras era objeto de un agudo escrutinio. La mujer puso sus manos sobre la mesa con las palmas hacia arriba y siguió mirándome fijamente por unos momentos. Advertí que tenía anillos en todos los dedos de las manos y varias esclavas en las muñecas. Quizá había rebasado los setenta años pero no hubiera sido capaz de asegurarlo.

—¿Qué ha venido a buscar y qué espera encontrar en este lugar Monsieur?

—Ciertamente no lo sé. —le dije sin pensar.

—Usted es extranjero pero tiene una fuerte ascendencia francesa…

Su comentario me sorprendió de tal forma que se percató de ello y continuó:

—Usted no lo sabía pero así es… ha estado fuera de Francia desde antes de nacer, pero ahora ha regresado.

Yo escuchaba y miraba a la mujer atentamente, sin decir palabra, aunque no niego que en los primeros momentos me sorprendió y traté de no delatarme con las expresiones de mi rostro.

—Ahora está usted en medio de una intensa búsqueda… todo usted emana una ansiedad extrema, una urgencia que apenas controla. Alguien del otro lado lo protege y trata de ser escuchado. Su percepción se ha agudizado mucho y esto fue porque estuvo… a punto de pasar la línea…

La luz del quinqué parpadeó sensiblemente y la mujer fijó su vista en las cartas.

Extrañamente me pareció que el ambiente se hacía menos frío. Con el rostro sin expresión, Madame Gigot miraba una y otra vez las cartas, yo podía ver como sus ojos iban de una a otra. Luego de varios minutos, levantó la vista y me miró diciendo:

—La lucha entre la fuerza de su deseo interior y el deseo trunco de la mujer que lo protege es tremenda… las dos fuerzas son muy poderosas. El triunfo de una de ellas dependerá de usted solamente…

Madame Gigot guardó silencio y recogió las cartas, luego, sin mirarme, dijo:

—Es todo cuanto puedo decirle Monsieur.

Me quedé sin saber que decir pero recordé la tarjeta que tenía en mi bolsillo.

—Dígame Madame… ¿es suya esta tarjeta? —pregunté mostrándola

La mujer la miró y de inmediato denotó una expresión de sorpresa. Luego de un instante negó con la cabeza y dijo:

—Hace años, al llegar a París solía hacer esas tarjetas…

Luego la mujer se puso de pie y automáticamente la imité.

Aunque sus palabras me parecieron confusas, percibí la clara sensación de que una pequeña luz estaba a punto de alumbrar mi entendimiento. Con cierta torpeza pregunté:

—¿La consulta… ?

—Si me obsequia su paquete de tabaco será suficiente Monsieur… y abríguese bien.

—Oh, claro… —le respondí desconcertado mientras buscaba el paquete en mi chaqueta.

Lo dejé sobre su mesa mientras le daba las gracias. No obtuve respuesta y salí a la oscura calle.

Caminé lento en el regreso a casa y pasé nuevamente frente a la mansión. No pensaba detenerme pero el resplandor de una luz en el interior de una de las habitaciones del segundo piso logró que lo hiciera. —¡Vaya, la casa no estaba deshabitada!— El hecho me produjo un gran regocijo interior, ya que inmediatamente deduje que cabía la posibilidad de que alguien me informara acerca de Claire.

La hora y el día eran impropios para una visita pero ya encontraría la ocasión adecuada y oportuna. Continué mi camino y deambulé por horas en las calles sumido en mis pensamientos.

Llegué a casa con un fuerte dolor en el pecho y supuse que todo era consecuencia de mis paseos nocturnos y puntualmente de la fría noche en la que había estado a la orilla del río. El té caliente que preparé mitigó ligeramente mi estado y me fui a la cama.

Esa noche desperté muchas veces empapado por la sudoración. La fiebre era muy intensa y me producía una terrible confusión. Sucedió algo que no podría asegurar si fue una alucinación o un sueño; una de esas ocasiones en las que desperté, me senté en el borde de la cama. Me sentía sumamente agotado y presa de una gran agitación. Levanté la cabeza y distinguí varias siluetas a mí alrededor, me esforcé por verlas claramente sin conseguirlo y una voz me sobresaltó:

—¡No temas querido!, pronto estarás bien…

¡Esa era la voz de Claire!, sólo que seguidamente Madame Gigot decía:

—Le advertí que debía abrigarse…

—¿Has encontrado a Pierrot?, me urge hablarle… ¡ayúdame!, estoy seguro que tú sabes cómo…

Era la voz de Modí que tenía un tono lastimoso. Yo trataba de ver los rostros pero eran sólo siluetas borrosas las que estaban rodeándome. Todas hablaban a un tiempo y yo no lograba escucharlas claramente hasta que una voz hizo que todos callaran:

—Basta, dejémosle descansar…—luego dulcemente me acariciaba los cabellos y me empujaba suavemente a la cama cubriéndome con las cobijas. Todo quedaba en completo silencio y yo cerraba los ojos. Durante la noche seguí despertando frecuentemente pero ya no volví a escuchar ninguna voz.

La claridad de la mañana llenó la habitación y aunque sentía un enorme cansancio ya no pude conciliar el sueño.

Más tarde me incorporé con dificultad y preparé un té caliente. Me senté frente a la ventana y traté de permanecer allí con la mente en blanco, sin embargo las caóticas imágenes de la noche concurrían insistentes. Al día siguiente me di a la tarea de escribir algunas cuestiones relacionadas con la conferencia de paz sin lograr concentrarme, al anochecer escribí una nota para Claire:

Madame Claire,

¡Cómo me ha hecho falta verla Claire! Aunque debo admitir que he tenido la fortuna de verla en mis sueños.

También creo que es mi deber hacerle saber que he ido a la mansión de la calle. Allí encontré varias veces cerrado con candado y solitario, pero la última vez pude observar luz en una de las habitaciones superiores. Tengo la esperanza de que usted no desapruebe si uno de estos días

me presento allí pero por ahora esperaré
sus noticias.

Suyo,
Julio C.

En la mañana salí con la intención de almorzar pero no tenía hambre y me dirigí al hotel Biron. Nuevamente pude dejar la nota sin problema y caminé sin rumbo hasta el mediodía.

Poco después trataba de descansar en mi departamento pero no lograba estar tranquilo. Entrada la noche me decidí a ir al Café del callejón sin salida pero antes pasé a comer algo ligero. Pensé que era demasiado temprano y caminé hasta el lugar para que se hiciera más tarde aunque en el trayecto casi me arrepiento. Realmente cansado llegué hasta el portón y toqué con la aldaba. Hube de hacerlo nuevamente porque nadie acudía a mi llamado. Luego la puerta se abrió y el mismo mozo de la vez anterior me saludó con parsimonia.

Ingresé al salón y me sorprendió el gran bullicio reinante, el lugar estaba lleno de gente, y no había un solo lugar disponible.

Mi mirada se cruzó con la del barman y desde su puesto me indicó un banco en un extremo de la barra. Pasé entre las mesas y alcancé el lugar. Fue grato que al momento de sentarme, el barman me saludara y sin preguntar me sirviera el vino rojo en una copa de cristal cortado. Sonreí intuyendo que era el vino especial.

—¡Bienvenido Monsieur… y salud!

El paladear el vino de inmediato me produjo una estupenda sensación de buen ánimo. Luego, cómodamente instalado, empecé mi acostumbrada observación a través del espejo de la contra barra. No pude reconocer a nadie de los asistentes pero ello no menguó mi recién adquirido buen humor. Estaba seguro que de una u otra manera conocería a alguien interesante. Me volví para terminar de ver a los asistentes y una cabellera rojiza llamó mi atención. El corazón me dio un vuelco:

¡Claire Fallet, por fin! —musité emocionado— Moví ligeramente el banco para mirarla mejor. Desde ese punto podía ver su nuca y parte de la espalda desnuda. Estaba con tres hombres muy bien vestidos y departían alegremente. Por un momento me pareció que uno de los hombres me miraba un poco fijamente pero luego no volvió a hacerlo.

Me volví al barman para preguntarle si sabía el nombre de la dama pero en ese instante fue requerido desde la mesa en donde ella se encontraba. Éste acudió solícito y al regresar vino hacia mí y me dijo:

—¿Querría acompañarme Monsieur?

Sí, ¡es ella y me ha reconocido! —pensé regocijado al tiempo que me incorporaba. Para mi desconcierto el barman rodeó la barra y abrió una puerta lateral e ingresó en ella, luego con un ademán me instó a seguirlo. Pasamos por un pasillo bellamente adornado y entramos a una espaciosa habitación de escasa iluminación. El barman me indicó un lugar en uno de los sillones.

—Madame Antonieta estará con usted en unos momentos.

Salió sin darme tiempo de preguntar alguna cosa. ¡Que decepción!, entonces: ¡no era Claire!, pero al momento me dije; quizá sí es ella pero tiene otro nombre…

Estuve allí por algunos minutos que me parecieron eternos, la sala era muy bella, estaba exquisitamente decorada con muebles de fina madera, alfombras y cortinas muy elegantes. Me percaté que sobre la mesa de centro que estaba frente a mí, había dos botellas de vino tinto y dos copas de cristal iguales a la que tenía en la barra. El otro extremo de la sala estaba a oscuras pero podía darme cuenta que era una gran cama con gruesas columnas que casi llegaban al techo. Supuse que al lado de la cama estaba una gran ventana por los gruesos cortinados que pendían de la pared.

Tomé una de las botellas para ver la etiqueta y en ese momento la puerta se abrió.

Me incorporé como impelido por un resorte y entonces la vi avanzar hacia mí.

—Madame Claire, todo esto ha sido una gran sorpresa…

La elegante dama llegó hasta donde me encontraba y sonriente me dijo con voz cantarina:

—¿Puedo saber porqué mi invitado me confunde?

La luz de las lámparas de pared iluminaron su rostro y sus palabras me hicieron vacilar. Excepto por la voz, podría jurar que esa mujer era Claire Fallet. Las palabras escapaban de mi mente y solo permanecía allí parado mirándola. Mi anfitriona rió alegremente y me tendió la mano. Apenas acerté a tomarla y besarla fugazmente. Se sentó lentamente en el sillón contiguo y yo hice lo mismo

—Mi Querido Julio, lamento desilusionarlo, mi nombre es Antonieta… quizá su ansiedad por Madame Claire le haga verla en mi rostro, ¿no cree?

—Le ruego que disculpe mi equivocación, ha sido sin intención de…

—¡Vamos querido, debes estar seguro que no te juzgo en absoluto. Sólo desearía que nos hablemos de la manera más honesta... tú has venido de muy lejos siguiendo una voz que te llama y al estar aquí has encontrado una segunda voz que te reclama para sí, tengo curiosidad en saber cual es más fuerte...

Antonieta decía todo esto mientras abría una botella de vino. Luego de una pausa llenó las copas y tomando ambas, me acercó una de ellas.

—Ya has probado este vino y sé que te ha gustado, ¿te parece si brindamos? —me decía con una sonrisa despojada, como si me conociera de toda la vida y después de mucho tiempo nos encontráramos de nuevo. Más dueño de mí, y lejos de preguntarme que hacía allí y porqué me conocía esa mujer, preferí preguntarme porqué brindar. Levanté mi copa y sin pensar me escuché decir:

—El no saber porqué brindar me incomoda. Sin embargo... propongo que brindemos por este inesperado encuentro que es como un alivio a los conflictos que padezco... ¡Salud Madame Antonieta!

Ella levantó su copa y se inclinó un poco hacia mí. Allí me di cuenta que sus ojos eran grises y no azules como los de Claire.

—Brindemos por el mañana que guardará celosamente los recuerdos de esta noche.

Chocamos las copas levemente y bebimos con fruición.

Quizá la debilidad por la fiebre hizo que acusara de inmediato el efecto del vino, me sentí cómodo, despojado de inhibiciones, ágil y de buen humor.

El tiempo pasaba sin sentir, el contraste de nuestra conversación iba de lo insulso a lo trágico, de la diversión al sufrimiento, casi de la carcajada al llanto.

En algún momento me pareció que llevábamos allí días enteros. No sé de qué manera me sentí envuelto en una atmósfera irreal. Como si un espejo fuese mi compañero y le dijera lo que es imposible ocultar.

Le narré con detalle mi encuentro con Claire en la Mansión de Terpsícore, mis dos noches en el Café, la primera con el italiano y la segunda con Chaïm, mi visita a Sacre-Coeur, le conté de la mujer de los ojos negros, le referí lo de Madame Gigot con apasionamiento, le confié los deseos y temores que tenía, de mi infancia, de mi juventud, de mi estancia en el hospital… hasta de la reciente fiebre y de mi gran soledad. Allí en ese momento, se levantó de su asiento e hincándose frente a mí, me estrechó de manera casi maternal, acariciaba mis cabellos suavemente. Luego yo me sentí con la libertad de estrecharla también y el contacto de mis manos con su espalda desnuda me crispó. Estoy seguro que ella sintió la descarga y colocando su mano en mi nuca, levantó mi cabeza y me atrajo hasta que nuestros labios se tocaron.

El beso fue largo pero muy suave. Luego susurró aun rozando mis labios:

—Dime Julio, ¿Qué es lo que buscas?, ¿qué es lo que más deseas?. Algo que sientas que jamás podrás lograr…

Me miré en sus ojos por largo rato. Luego me levanté dando unos pasos y desde el fondo de mi alma atormentada salieron unas palabras:

—Deseo tanto el amor… pero siento la imperiosa necesidad de saber; de saber lo que pasó con mi madre…

Antonieta que seguía hincada me miró largamente, tomó un sorbo de la copa de vino y dijo con tono cansado:

—Mi querido Julio, deseas el futuro pero el pasado te atormenta y el presente, en realidad no te interesa. Confundes un sueño con un deseo cuya intensidad está alterada.

Las palabras de Antonieta entraron en mi conciencia y se parecían tanto a las de Madame Gigot que sin pensar agregué con vehemencia:

—¡Nada me importa tanto en este momento como liberar a mi pobre espíritu que no tiene descanso…!

Antonieta se levantó y lentamente se fue acercando a la puerta mientras decía:

—Bien querido, que sea como tu quieres…

Empezó a salir de la habitación y alcancé a decirle:

—Antonieta, ¿qué debo hacer?…

—Sólo sigue tu instinto y escucha la voz que te llama…

—¿Después de ello, me ayudarás a encontrar a Claire?…

Madame Antonieta me miró de una manera curiosa y sólo dijo:

—Debo irme ahora querido…

Quedé desconcertado por el apremio de su salida y apuré la copa en un trago. Luego me dirigí a la puerta y pasé al salón del Café.

No había un alma allí, aunque la iluminación no había cambiado. Permanecí unos momentos sin saber que hacer, miré mi reloj y eran las 5:30 de la mañana.

El conocer la hora actuó como un gran peso que caía sobre mis espaldas. Me sentí sumamente cansado y lentamente me dirigí a la salida. Me pregunté donde estarían el barman y los mozos. Recordé que Antonieta tenía prisa por retirarse y supuse que así debió haberlo hecho.

A esas alturas ya no era totalmente dueño de mí. Decidí retirarme también, crucé el vestíbulo, abrí el portón y una ráfaga húmeda y fría me azotó el rostro. Me abrigué lo mejor que pude y empecé a caminar. Una tenue llovizna me hizo recordar la fiebre que había padecido.

Al llegar a la esquina volteé para todas partes pero las calles estaban desiertas. Quizá caminé unas tres cuadras cavilando en el silencio de la noche, cuando escuche el rumbar de un motor. En menos de un minuto, una patrulla de la guardia nocturna se detuvo a mi lado y alguien me dijo en francés campesino:

—¿Monsieur, desea que le llevemos a algún lugar donde pueda conseguir un transporte?

Los miré abrir la puerta del vehículo y subí sin siquiera pronunciar una palabra. Transitamos por largo rato y yo miraba a través del húmedo vidrio las oscuras y solitarias calles sin lograr reconocer ni un solo tramo del trayecto.

CAPÍTULO XII

En los días que siguieron a la noche que estuve en el Café, la ciudad vivió una efervescencia política sin par. Salían publicados en los diarios los primeros acuerdos de la Conferencia de Paz y París sufrió un asalto similar al de la guerra. Las calles se convirtieron en verdaderos ríos de visitantes diplomáticos, corresponsales de todo el mundo y necesariamente los turistas curiosos que deseaban estar cerca de los acontecimientos. Por unos días, los alimentos escasearon y no se podía encontrar un lugar disponible en ningún rincón de la ciudad. Por varios días me dejé llevar por ese tumulto y pensé que quizá esa situación fuese el alivio momentáneo que necesitaba.

Una de esas noches logré llevar a mi departamento un par de botellas de un vino de dudoso origen que conseguí en el mercado negro de la ciudad y al abrigo del cálido fogón me abandoné al capricho de mis pensamientos. Fue como si abriera una puerta y éstos, primero con cautela buscaran la salida para después disputarse violentamente la huida en franca estampida. Surgieron nítidos pasajes de los días anteriores y todos ellos me llevaban inexorablemente al océano de las dudas. Terminado el vino sólo tuve que caminar unos cuantos pasos para echarme y cerrar los ojos huyendo de las desordenadas imágenes que me abrumaban.

En la madrugada me desperté abruptamente. El motivo fue un intenso sueño en el que el italiano me esperaba afuera del Café después de mi última visita a él.

—¡Te pedí que dijeras a Pierrot que debía verlo! ¿Porqué no le dijiste?...

Yo me sorprendía de su reclamo y respondía:

—Pero, ¡es que no le he visto!...

—¡Claro que le has visto!, estaba en la mesa con Madame Antonieta!, no es posible que no te hayas dado cuenta... Dime, ¿ahora que voy a hacer?

Yo me sentía apenado porque en realidad no había puesto atención a los hombres que la acompañaban.

Sentado en la cama y totalmente despejado me incorporé. Me asomé por la ventana y apenas podía ver una pequeña porción de la calle que era iluminada por el farol. El resto estaba en la más completa oscuridad. —así me encuentro yo— pensé con un sentimiento amargo. Sin poder conciliar el sueño, decidí escribir una nota para Claire.

"Madame Claire,

Deseo fervientemente creer que el silencio que ha guardado para conmigo, tenga una razón poderosa, y me ilusiona la posibilidad de despertar una mañana luminosa para recibir sus noticias. Debo

*agregar que por mi parte tengo un sinfín
de cosas que decirle.*

Suyo,
Julio C.
*P.D. Una pequeña señal será suficiente
alimento para este espíritu desesperado."*

Hube de reescribir varias veces la nota por la
excesiva vehemencia que me traicionaba y finalmente
me pareció que algo corto sería de mayor efecto.

Finalmente había amanecido. El café caliente me
reanimó y después de asearme, me sentí renovado. Salí
a la calle, compré el diario y me refugié en un pequeño
y acogedor restaurante. Más tarde me dirigí al Hotel
Biron y como siempre, con exquisita cortesía recibieron
mi nota.

Salí de allí y me dirigí a la Mansión de Terpsícore.
Ahora estaba decidido a llegar al fondo de cada cuestión,
la necesidad de respuestas era ya impostergable.

Durante la caminata me hice mil conjeturas y al
llegar me encontré con la misma situación; la verja de
hierro estaba cerrada. Permanecí allí observando todo
lo que podía, pues era la primera vez que veía durante
una mañana la magnífica mansión.

De improviso un viejo camión descubierto llegó
hasta la entrada. Se podía leer en un costado que
pertenecía a los servicios municipales.

En la parte trasera viajaban seis o siete personas, un
sujeto bajó de la cabina y sin más preámbulo abrió el
candado y las puertas de par en par. Subió nuevamente
al camión y éste se adentró por la calzada. Me quedé
allí mirando como dejaban las puertas abiertas y se

estacionaban más adelante. Los hombres de la parte trasera descendieron y bajaron una serie de herramientas de jardinería. Luego se dispersaron por el jardín e iniciaron el mantenimiento del lugar. ¡Vaya, entonces así era!, el cuidado de los jardines estaba a cargo de un grupo del ayuntamiento.

Me adentré un poco para volver a ver de cerca la estatua de la fuente. Sin ser muy grande, era magnífica.

—¡Bon jour Monsieur! —escuché una voz a mis espaldas. —era un hombre corpulento con un gran mostacho que al parecer, era el jefe de la cuadrilla de trabajadores— Hermosa mansión, ¿no le parece?

—¡En verdad es muy bella! —le contesté animado.

—¡Usted es extranjero!, ¿es delegado político Monsieur?

—Nada de eso, soy sólo un admirador de esta gran ciudad… —le contesté con la intención de obtener más información.

El hombre rió de buena gana. Como me figuré, mis palabras le agradaron y rápidamente agregué:

—Dígame, ¿Quién es el feliz dueño de esta belleza?

—Era Monsieur, el dueño era un famoso General que murió hace poco menos de un año. El General Jean Jacques Laffitte. Cuando eso sucedió, la propiedad pasó al Estado, ya que no había herederos.

—¡Vaya, eso si fue desafortunado!, ¿no?

—Si que lo fue Monsieur…

—¿Sabe?, hace algunas semanas, una noche pasé por aquí y había una gran fiesta…

—¡Claro, fue la celebración de la firma del tratado de Paz en Versailles —me dijo casi orgulloso.

—¿Me podría permitir ver de cerca la estatua que esta en aquella parte? —le pregunté señalándola.

—¡Ah, Claro!, acompáñeme Monsieur.

Echamos a caminar despacio hacia la estatua mientras me hacía mil conjeturas acerca de la presencia de Claire en una celebración de esa naturaleza.

Llegamos al pie de la estatua y pude comprobar que la belleza de la pieza era magnifica, como la de Terpsícore, solo que ésta no era una fuente, estaba en un hermoso pedestal de cantera.

—Esta estatua es tan bella como la de la entrada, ¿no lo cree? —pregunté distraídamente al hombre e inquirí—: esta es la estatua de Thalía la diosa griega de la comedia… ¿hay más estatuas en el jardín?

—No Monsieur, sólo éstas dos. —el hombre hizo una pausa y luego agregó—: Hay una diferencia grande entre esta estatua y la otra Monsieur… ésta es una tumba.

La observación me sorprendió y me volví a ver al hombre que continuó diciendo:

—No le mencioné que el General tuvo una hija y me parece que su esposa falleció cuando nació ésta. La esposa era una gran bailarina, esa es la razón de la estatua de la acera de entrada… La hija llegó a ser tan hermosa como su madre pero con el fuerte carácter del padre… Se decía que la relación entre ellos era muy… accidentada. Al parecer la hija iba por el camino de su madre pero por alguna razón abandonó sus estudios de danza para dedicarse al teatro. Ello enfureció al General de tal forma que padre e hija rompieron y la hija lo abandonó por varios años. Fue notable como la chica fue abriéndose paso y un día, la obra se estrenó en la ciudad y al final, una pieza de la tramoya se vino abajo y mató a la muchacha… fue una desgracia tremenda para el General… Después de eso, nunca se le volvió a ver en público… y además prohibió las flores en el jardín.

En ese momento sentí como si un mazo me pegara en el pecho. Traté de rehacerme de inmediato. Quizá todo ello era una coincidencia pero, por alguna razón algo me decía que había encontrado a mi madre.

—Disculpe Monsieur, me debo retirar… puede quedarse en el jardín si lo desea mientras terminamos nuestras labores.

—Sí gracias, muchas gracias. —respondí casi sin aliento.

Quedé solo allí mirando la estatua. En la parte inferior había una pequeña inscripción.

Me hinqué para poder leerla y decía:

"1866-1888
A la memoria de Madame Marie Florance Laffitte

Las letras se desdibujaron de mi vista y mi mano acarició suavemente la inscripción. Hasta allí llegó mi resistencia… Mis lágrimas brotaron silenciosas y una extraña paz me invadió.

Los días siguientes me aboqué a recabar datos del General y su hija, Madame Florence Laffitte, los necesitaba mi espíritu y ello era suficiente para mí.

Después, en el tiempo que dediqué a mis pesquisas, pude rescatar unas pocas fotografías de mi madre y mis abuelos. Los archivos en que pudiese haber más información, habían resultado destruidos por las bombas alemanas. Por unos días sólo me dediqué a pensar en la soledad de mi departamento. Allí renuncié con pesar a la posibilidad de saber quién había sido mi padre. Sin embargo me consoló el creer firmemente que mi madre lo había amado mucho, al grado de alejarse de su familia y buscar su camino para defender su amor. Debió haber sido muy fuerte y tenido una gran fe en sí misma. La paz interior que experimenté me dio la certidumbre de saber que ella iba a volver por mí.

Pero todavía habrían de pasar muchas cosas extrañas, como si el hecho de encontrar mi raíz no hubiese sido suficiente.

El sueño que tuve una noche revivió de manera intensa el recuerdo de Claire que momentáneamente se había eclipsado con mis recientes actividades.

Recuerdo haber soñado que un percance inesperado causaba que llegara tarde a la estación de ferrocarril. Allí debía ver a Madame Fallet y me diría dónde y cuándo encontrarnos.

Me veía correr con todas mis fuerzas con el ansia de llegar antes de la salida del convoy. Llegaba jadeante al andén, sólo para ver el último vagón que se alejaba.

La desazón que sentía me provocaba un llanto de impotencia y mis propias lágrimas me despertaron. Me levanté decidido a volver la página de mi historia

Emprendí la búsqueda de Madame Fallet y los días pasaron sin lograr el mínimo rastro. Al entregar la última nota que traté de enviarle, en el Hotel Biron, me fueron devueltos todos y cada uno de los mensajes que había escrito anteriormente. La tranquilidad que había obtenido días antes se opacaba con la creciente necesidad de saber de Claire. Me propuse conocer a algunas personas que asistieron a la fiesta y algunas de ellas recordaron el baile del danubio pero lamentablemente nadie conocía a la mujer que estreché esa noche. Entonces pensé en otro tipo de ayuda y vino a mi mente Madame Gigot y para mi sorpresa, me encontré con su casa cerrada y sin el anuncio del Tarot. Los vecinos dijeron que se había despedido para regresar e ir a morir a su país y que había repartido sus pertenencias entre ellos. Una niña muy linda que escuchó mi conversación con su madre, me dijo muy en serio, que ella sería Madame Gigot cuando fuera mayor. La madre rió de buena gana y lamentó no poder ayudarme.

Mi última alternativa era Antonieta, recordé que le pedí que me ayudara a encontrar a Claire y aunque no dijo sí, tampoco dijo lo contrario. Debía verla esa misma noche.

EPÍLOGO

Antes del anochecer salí de mi departamento con la única esperanza que me quedaba. Esa tarde me imaginé todos los escenarios posibles; que Antonieta no estuviese en el café, que sí estuviese pero que no pudiera hablar conmigo por alguna razón, que efectivamente habláramos y que su actitud fuese distante o que fuera cálida... en fin, sentía que iba preparado para otra búsqueda y que de una u otra forma lograría mi objetivo.

La noche prometía no ser demasiado fría, así que caminé un largo rato metido en mis pensamientos. Me torturaba el hecho de saber que Claire jamás había recibido mis mensajes. Si al menos supiera que yo estaba buscándola, sería diferente.

Conseguí una calesa y le di la dirección al conductor. Éste era un hombre relativamente joven y resultó un tanto parlanchín.

—¿Sabe que el área a la que me pide llevarlo, fue una de las más afectadas por el bombardeo Monsieur? —no puse mucha atención a sus palabras pero continuó diciendo—: La razón fue que en toda esa zona, había mucha resistencia y gran parte de las baterías antiaéreas habían sido instaladas allí.

Siguió hablando de cuestiones de la guerra pero no le hice el menor caso, aunque pareció no darse por aludido.

Finalmente, antes de llegar a la esquina de la calle del Café le pedí que parara. Le pagué el servicio y nos despedimos.

La noche era brumosa pero no fría. Caminé despacio, doble la esquina y lo que vi. me dejo estupefacto: ¡La fila de construcciones en donde debía estar el Café del callejón sin salida, había desaparecido por completo! Temí haberme equivocado de cuadra pero luego de revisar el lugar, no cupo lugar a dudas. Esa era la calle del Café. Me fui acercando hasta quedar frente al lugar donde debía estar el portón de entrada. Desde allí pude observar que había una gran cantidad de escombros, era como si hubiesen demolido las construcciones y retirado sin mucho cuidado los restos. Aun no podía creer lo que veía, ¿Qué había pasado?, ¿Porqué esto me sucedía a mí? Me preguntaba si era posible que todo esto formara parte de un sueño pero las campanadas del reloj cercano anunciaron la medianoche. Después de ello permanecí allí mucho tiempo, no lograba poner en orden mis pensamientos y con el paso del tiempo se apoderaba de mí una fuerte sensación de angustia y soledad.

Resolví marcharme y volver a la mañana siguiente. Caminé mucho rato sin encontrar un alma en la calle, más adelante había unas marquesinas encendidas. Cuando llegué allí, me di cuenta que era una taberna. Entré al lugar, había muy pocas personas allí. Me senté en una mesa lo más alejado de los demás que me fue posible y acudió una mujer para atenderme; le pedí una botella de vino. Luego de un rato de observar a los asistentes, me percaté de que el lugar era un prostíbulo disimulado. La confirmación fue la mirada insistente de una mujer muy blanca de cabellos negros. Ciertamente mi ánimo no estaba en condiciones de ninguna cosa excepto de embriagarme, después de pedir la segunda botella la mujer apareció a mi lado y me miró de un modo extraño, luego sonrió con dulzura y me dijo:

—Monsieur, ¡Usted no debería estar solo cuando algo le atormenta tanto!

Por alguna razón, su comentario me agradó y la invité a sentarse. Pronto me di cuenta que su cultura era muy buena y su conversación mejor. Hablamos pausadamente de varias cosas y de pronto se me ocurrió preguntar:

—¿Ha escuchado usted del Café del Callejón sin salida?

—¡Oui Monsieur!, era un lugar misterioso y extraño… repentinamente abría sus puertas al público y de igual forma las cerraba por mucho tiempo.

La respuesta me animó de alguna manera y continué el interrogatorio:

—¿Estuvo usted alguna vez allí? —pregunté tratando de no mostrarme demasiado ansioso.

—No Monsieur, conocí a un pintor que hablaba de ese lugar y algunas veces traté de ir allí pero siempre estaba cerrado…

—¿Un pintor italiano?

—¡Oui Monsieur!, ¿cómo lo supo?

—En ese lugar conocí a uno que llaman Modí…

—¡Ese mismo Monsieur!, él me pidió posar pero luego supe que se marchó de París y no le vi más.

Continué hablando con la mujer mientras tomábamos un par más de botellas de vino.

Luego, cuando me convencí que no sabría más, me despedí dejando varios billetes sobre la mesa. Cuando salí del lugar estaba casi ebrio. Alguien me consiguió un calesín y me marché a casa.

Poco antes del mediodía llegué nuevamente al lugar donde estuvo el Café. Había hombres trabajando allí, en la limpieza de escombros. Me dijeron que derrumbaron el lugar que había estado abandonado por los daños del bombardeo.

Mi insistente investigación en el ayuntamiento no fructificó en ninguna forma: por la información escrita que se había perdido y porque nadie se había presentado aun a reclamar la propiedad. Allí perdí la huella de Madame Antonieta… esa mujer que una noche desnudó mi alma.

Sin saber dónde buscar, ni a quién acudir, por semanas me entregué intensamente al ambiente nocturno de París, cuando apenas empezaba la juerga en algún sitio, me gustaba imaginar que Claire llegaría allí y solía decir a los mozos: traiga otra copa que no tardará en llegar mi esposa. La realidad fue que nunca llegó nadie.

Una mañana un policía me reconvino después de despertarme en la entrada de mi departamento y supe que era el momento de alejarme.

Cuando iba en el barco, tuve la horrible sensación de no saber si iba o venía, mi repliegue interior me impedía considerar a fondo cualquier cuestión por mínima que fuese.

El viaje fue un obsesivo mirar a mi interior, de hacerme constantes preguntas que no tenían respuesta. Solo lograba distraerme cuando volvía a la página anterior y me refugiaba en el recuerdo de mi madre. Veía sus fotografías y recreaba ensoñaciones como espectador de una actuación imaginaria.

Pasé poco más de un año fuera de París y en ese tiempo los sueños recurrentes de variadas formas me asaltaron muchas noches. Los juntaba y los relacionaba de manera obsesiva. Así fue como llegué a saber finalmente lo que habría sucedido… con el pintor italiano y conmigo mismo.

En su caso; esa noche en la que se presentó Antoine Pierrot, la vehemencia extrema de los deseos del grupo se materializó, encarnando a un ser de pensamiento desnudo y primitivo. Así lo creo firmemente. Encarnó a las pasiones de los seres que le dieron origen. No estoy seguro, pero no importa demasiado, que pudiese llamarse una reencarnación espontánea *in situ*. También me inclino a creer que la intensidad límite en la vida de cada uno de los tres amigos, materializó una conciencia colectiva… eso indefectiblemente me lleva a pensar en que en alguna ocasión, esto haya sucedido antes o acaso sucede muy a menudo y es cuando surgen entes imaginarios que no son más que la suma de las pasiones del grupo que los contiene.

En mi propio caso, la intensidad de los conflictos que sufrí, me llevaron a experimentar lo mismo… los personajes que convivieron conmigo acudieron al llamado de la exaltación de mí propia naturaleza, y algunos de ellos reales o no, participaron en mi subasta.

Para mi desgracia, la oferta fue equivocada y la subastadora la tomó tal cual. Después, al igual que Modí, cuando comprendí mi error ya no hubo oportunidad de cambiarla… encontré el pasado y desdeñé el futuro.

Cuando no pude más con el peso de mis conclusiones, liquidé todo vínculo con la gente del país en el que nací y en el que hube creado el vacío de mi vida.

Desde entonces, en cada regreso a París, como una devoción obligada, en cada mujer me dedico a buscarlas.